Maja Lunde

BATTLE

Maja Lunde

BATTLE

Aus dem Norwegischen von
Antje Subey-Cramer

Urachhaus

Die Originalausgabe erschien 2014 unter dem Titel
Battle im Kagge Forlag AS, Oslo.
Die Veröffentlichung in deutscher Sprache wurde mit
Oslo Literary Agency vereinbart.

NORLA
Die Übersetzung dieses Buches wurde von
NORLA – Norwegian Literature Abroad finanziell gefördert.

ISBN 978-3-8251-5147-8

Erschienen im Verlag Urachhaus
www.urachhaus.com

© 2018 Verlag Freies Geistesleben & Urachhaus GmbH, Stuttgart
© 2014 Kagge Forlag AS, Oslo
Umschlagabbildung: »Blue Graffiti«, Öl auf MDF © Edward B. Gordon
Mit freundlicher Unterstützung des Künstlers www.gordon.de
Gesamtherstellung: CPI books GmbH, Leck

*Zwischen zwei Bewegungen
gibt es einen Augenblick,
in dem sich
deine Seele zeigt.*

> Kjersti Alveberg,
> Choreografin und Tänzerin

Die dünne Welle

Das Telefon klingelte, aber ich nahm nicht ab. Ich war gerade mitten in der Choreografie, die wir als Hausaufgabe für morgen aufhatten, und es saß fast alles. Mein Herz hämmerte, das Trikot war an Rücken und Brust nass. Aber ich hatte es fast geschafft. Flüchtig erblickte ich mich selbst in der Spiegelwand, die Papa von Tischlern für mein Zimmer hatte anfertigen lassen, als wir vor fünf Jahren eingezogen waren. Ich trainierte in Schwarz. Das schwarze Trikot und die Leggings ließen mich im Spiegel irgendwie deutlicher hervortreten. Wenn ich die Augen halb zusammenkniff, sah ich nur einen dünnen Strich, der sich wellenförmig von dem einen Ende des großen Zimmers bis zum anderen bewegte. Der Rest, mein eigentliches Ich, wurde unscharf. Manchmal hörte ich Leute sagen, ich sei hübsch. Sie hatten einfach nicht bemerkt, wie kantig mein Gesicht war – das Kinn war zu spitz und die Nase zu groß, die Knie zeigten nach innen und die Oberschenkel legten zu, sobald ich nur ein einziges Stück Schokolade aß. Aber im Spiegel, da verschwand das alles, da war ich nur die dünne Welle, die sich von der einen Seite des Zimmers zur anderen bewegte.

Ich spürte die wohlige Mattigkeit in Armen und Beinen, die sich immer dann einstellte, wenn ich es fast geschafft hatte. Wenn es fast saß. Ich arbeitete an einem langen Adagio, das mit einem *Port de bras* begann. Der Kopf geneigt, der Blick Richtung Arme. Von den Zehen bis zu den äußersten Fingerspitzen

spannte ich alles an, konzentrierte mich darauf, den Bewegungen eine Verlängerung zu geben, sie mit Energie zu füllen. Die Arme hoch, dann zur Seite, als wären sie Flügel. Danach eine Reihe von Pirouetten, während derer ich den Blickpunkt wechselte, gefolgt von großen Sprüngen diagonal durch den Raum. Der Abschluss war am schwierigsten. Eine Pirouette, danach ein Sprung, bei dem ich weich landete und weiter auf den Boden abrollte. Es sollte nahtlos sein, aber der Übergang vom Sprung in die weiche Landung war heikel. Trotzdem: Ich war nahe dran. Noch ein paar weitere Durchgänge, dann wäre es perfekt.
Aber das Telefon riss mich aus allem heraus.
Es lag auf dem Nachttisch, das Display leuchtete grell. Ich ging hin, um abzunehmen, doch als ich sah, wer es war, ließ ich es bleiben. Ich blieb einfach stehen und schaute es an, während es klingelte und klingelte. Ich zählte. Sieben ... acht ... neun. Zum Schluss schaltete sich die Mailbox ein.
Ich drehte mich um. Mein Blick fiel auf ein Plakat an der Wand. Eine magere, markante Tänzerin, mitten in einem Sprung. Sie schwebte hoch oben in einem *Grand jeté*, die Beine im Spagat, fast überstreckt, so biegsam war sie. Man konnte beinahe sehen, wie die Muskeln zitterten, wie jede Körperzelle an den Bewegungen teilhatte. Die Arme waren erhoben, der Blick nach oben gerichtet, wahrscheinlich zur Saaldecke. Aber auf dem Plakat sah es so aus, als sähe sie direkt auf die Überschrift, auf ihren eigenen Namen, den Namen, den sie sich selbst gegeben hatte, als sie mit dem Tanzen anfing: Vivian Prytz.
Es hing noch ein weiteres Bild von ihr an der Wand – ein Bild von uns beiden. Darauf war ich acht Jahre alt und noch weich im Gesicht. Zwischen runden Wangen und einem kleinen lieben

Kindermund sah die Nase ganz passabel aus. Ich hielt ein Paar funkelnagelneue Spitzenschuhe in den Händen. Das war, bevor ich mich entschieden hatte, ganz auf Modern Dance und Jazztanz zu setzen. Ich hatte mir diese Schuhe erbettelt, weinend, erinnerte ich mich, denn ich war eigentlich viel zu klein. Aber sie freute sich so sehr darüber, dass sie sie mir trotzdem schenkte. Auf dem Bild lächelte sie, hielt einen Arm um mich und sah von schräg oben auf die Schuhe hinunter. Vielleicht war sie stolz.

Ich ging wieder zurück auf die Tanzfläche und ließ die Musik noch einmal von vorne laufen. Dann stellte ich mich in die Ausgangsposition und tanzte mich von Neuem durch alles hindurch. Aber nun schien es mir plötzlich, als läge noch ein langer Weg vor mir. Die Arme machten nicht mit, ein paarmal stolperte ich. Und der Übergang klappte überhaupt nicht. Mir fehlte die Balance – ich hatte den Kontakt zu meiner Körpermitte verloren.

Ich versuchte es noch einmal – und fiel hin.

Noch einmal – und fiel wieder hin.

Und noch einmal.

Schließlich blieb ich einfach auf dem Boden sitzen. Mir war übel. Wann hatte ich zuletzt etwas gegessen? Meine Beine zitterten. Ich zog die Stulpen aus und stellte fest, dass sich ein paar neue Blutergüsse gebildet hatten – wie Blüten sprossen sie zwischen den alten blauen und gelben Flecken.

»Gibst du auf?«

Ich drehte mich um. Papa stand in der Tür. Er hatte seinen Arm gegen den Türrahmen gelehnt und das gleiche Lächeln im Gesicht, das er oft bei Verkäuferinnen oder Kellnern aufsetzte, um einen besonders guten Service zu bekommen. Man konnte ihm einfach nicht widerstehen.

Als Antwort stöhnte ich bloß und versuchte, auf die Beine zu kommen. Ich mochte es nicht, wenn er mich so zu Gesicht bekam.

»Hc – du bist die Beste. Keine Proteste!«, sagte er.

»Idiot.«

Papa war mein größter Fan. Eigentlich auch mein einziger. Und nicht immer ganz im Einklang mit der Realität.

Er kam herein und wuschelte mir durchs Haar, obwohl er wusste, dass es mich eine Runde mit Bürste und Haarspray kosten würde, um es wieder in einen akzeptablen Zustand zu bringen – streng aus dem Gesicht gekämmt, so wie Birgitta, meine Tanzlehrerin, es bevorzugte.

»Und ich bin hundertprozentig objektiv«, sagte er.

»Gut, dass du dir da wenigstens selbst ganz sicher bist«, sagte ich.

Er lachte und ließ mich wieder los. Ich konnte nicht anders, als auch zu lachen. Er konnte einen Diamanten zum Schmelzen bringen.

»Mach doch weiter.«

Er liebte es, mir zuzugucken. Als er in der ersten Etage die Wand zwischen zwei Schlafzimmern einriss, damit ich zu Hause genug Platz zum Trainieren hatte, waren seine eigentlichen Gründe rein egoistischer Natur gewesen, behauptete er. Und er war so bemüht, dass ich ihm glaubte. Das Zimmer war fantastisch. Ich kannte niemanden, der ein ähnlich großes Zimmer zur Verfügung hatte. Es war 40 Quadratmeter groß und hatte an der einen Längsseite vier Fenster. Ich hatte die beste Aussicht im ganzen Haus und konnte weit über den Oslofjord schauen.

Ein weiteres Mal stellte ich die Musik an. Ein weiteres Mal tanzte ich ab der Ausgangsposition. Nun ging mein Atem regelmäßig,

ich hielt den Schwerpunkt tief, führte die Bewegungen vollständig aus. Es begann tatsächlich, nach etwas auszusehen.
Aber dann klingelte erneut das Telefon. Es lag immer noch auf dem Nachttisch. Warum hatte ich es nicht auf lautlos gestellt? Ich wusste doch, dass sie es häufig ein zweites oder drittes Mal versuchte.
»Willst du nicht rangehen?«, fragte Papa.
Ich sah auf den Boden. Das Parkett war abgenutzt. Papa wollte es austauschen, aber mir schien das überflüssig, denn mit jeder Pirouette bohrte ich mich ein winziges bisschen tiefer ins Holz. Es war besser, bis zu meinem Auszug damit zu warten, wenn ich in einem Jahr mit der Schule fertig war. Wenn – oder *falls* – ich an der Balletthochschule anfangen würde.
Das Telefon klingelte immer noch.
Wir sahen es beide an, aber keiner bewegte sich.
»Ist das Mama?«, fragte er leise.
Ich musste nichts sagen, er kannte die Antwort.
»Wann hast du das letzte Mal mit ihr gesprochen?«
Seine Stimme war sanft und weich – als wäre ich wieder klein, hingefallen, und er müsste mich mit einem Pflaster verarzten.
Ich brachte es nicht fertig, ihn anzusehen, und mochte ihm nicht antworten. Streng genommen hatte er damit nichts mehr zu tun. Aus *seinem* Leben war sie nämlich raus.
Endlich hörte das Klingeln auf.
Ich griff nach der Fernbedienung und drückte wieder auf Start.
»Bis morgen muss es sitzen«, sagte ich hastig.
Ich lächelte ihn an und hoffte, er würde Ruhe geben.
Er nickte nur. Sein Jungenlächeln war verschwunden, sein Blick schwer. Er wollte noch etwas sagen, ließ es aber bleiben.
Als er gegangen war und die Tür still hinter sich geschlossen

hatte, blieb ich stehen. Ich musste das hier schaffen. Ich wusste, dass Birgitta ein besonderes Auge auf mich hatte. Ich war nicht wie Ida, die sich durch jeden Part hindurchquälte, oder wie Charlotte, die immer gegen das Zuviel ihres eigenen Körpers ankämpfen musste. Ich war Amelie Prytz und hatte das Tanzen im Blut.

Die Valkyrie

Ich tanzte die ganze Nacht. Zum Glück befand sich Papas Schlafzimmer am anderen Ende der Etage, weshalb ihn die Musik nicht störte. Und der Garten war groß, sodass sich auch unsere etwas zickige Nachbarin Ellinor nicht belästigt fühlen konnte. Sie wären sonst wohl auch total durchgedreht, wenn sie Beyoncés *Hello* in Wiederholungsschleife hätten hören müssen. Wieder und immer wieder.

> *You shelter my soul*
> *You're my fire when I'm cold*
> *I want you to know*
> *You had me at hello*
> *Hello*
> *Hello*
> *Hello*
> *Hello*
> *You had me at hello*

Und so weiter.

Zuerst schien es unmöglich. Als wollte ich meinen Körper zu etwas zwingen, was er physisch nicht leisten konnte, etwas, was am frühen Abend fast in Griffweite gewesen, nun aber zwischen meinen Händen zu Sand zerronnen war. Ich nahm kaum wahr,

dass es dämmerte. Als weit draußen im Oslofjord endlich die Sommersonne unterging, hatte ich mich zwar wieder etwas angenähert, war aber noch lange nicht dort, wo ich hinsollte.
Im Zimmer war es dunkel, aber das machte nichts. Die Bewegungen saßen im Körper, ich brauchte keinen Spiegel. Ich wusste, was ich zu tun hatte, und nahm mir nicht die Zeit, das Licht anzumachen. Oder richtiger: Ich vergaß es ganz einfach. Mein Blick fiel auf den elektronischen Wecker. Er zeigte 0:23 Uhr. Schlagartig spürte ich ein nagendes Gefühl im Magen. Der ganze Körper war ausgehöhlt, vom unteren Ende des Rückgrats bis zum oberen Brustbein.
Wenn man den Hunger lange genug aushielt, verwandelte er sich häufig in etwas anderes – in ein stärkeres Gefühl, das mit Essen nichts zu tun hatte, ein Gefühl, das man kontrollieren konnte. Aber ich kannte es und wusste, dass es nicht klug war, es zu weit zu treiben. Ich hatte gesehen, wie Mädchen sich kaputt machten, indem sie zu wenig aßen. Wir sollten zwar dünn sein, aber nicht *so* dünn. Papa lag mir damit ständig in den Ohren. Jeden Tag. Jeden einzelnen Tag. Darum schlich ich mich hinunter in die Küche, suchte im Schrank nach ein paar Reiswaffeln und trank ein Glas Wasser. Im Halbdunkel blieb ich sitzen und kaute die trockenen Waffeln. Sie schmeckten fantastisch. Sogar noch besser als Softeis – und das war das Beste überhaupt.
Nach fünf Minuten ging es wieder nach oben ins Zimmer.
Als ich mich endlich schlafen legte, war es hell geworden. Ich brachte es nicht einmal fertig, die Gardinen vorzuziehen. Draußen starteten die Singvögel in den Tag und flogen federleicht zwischen den Fliederbüschen hin und her.
Ich selbst war alles andere als leicht. Mein Körper fühlte sich an, als wäre jemand mit einem Jumbojet darübergefahren. An den

Füßen hatten sich an einigen Stellen Blasen gebildet, trotzdem hatte ich mir keine Zeit genommen, Pflaster daraufzukleben. Aber mein Kopf, der war leicht. Weil ich es geschafft hatte. In den letzten Durchgängen, die ich getanzt hatte, saß alles. Sogar der schwierige Übergang von der Pirouette zum Sprung.
Mit einem Lächeln schlief ich ein.

Als ich an der neuen Schule, der *Valkyrie*, begann, dauerte es einige Wochen, bis ich nicht mehr bei jedem Gang durchs Schultor dumm vor mich hingrinste. Es fühlte sich an wie frisch verliebt. Oder wenigstens so, wie ich mir dieses Gefühl vorstellte. Unglaublich, dass ich angenommen worden war! Unglaublich, dass ich drei Jahre lang hierherkommen und Teil des Ganzen sein durfte!
Die Schule lag zwischen alten, schönen Stadthäusern in Frogner. Sie schien riesengroß, besonders wenn man neu war. Das rote Backsteingebäude mit den langen Fensterreihen ragte über einem empor. Das Dach wurde von drei Erkern unterbrochen, und ganz oben in jedem Erker befand sich ein kleines rundes Fenster, wie in einem Schloss.
Auch innen wirkte alles groß. Die Flure waren lang, die Decken hoch, und die ausladenden Fenster hatten so breite Simse, dass man darauf sitzen konnte. Es gab so viele Winkel und Ecken und kleine Zimmer mit Dachschräge und stickiger Wärme im Sommer, dass man sich problemlos verirren konnte.
Und der Tanzsaal war gigantisch, mit hoher, gewölbter Decke und riesigen Fenstern an der einen Seite, wo die Sonnenstrahlen auf den tanzenden Staub trafen.
Im Grunde war alles ein bisschen staubig, und man konnte nie sicher davor sein, dass einem Farbsplitter auf den Kopf fielen

– die Farbe blätterte sowohl von den Wänden als auch von den Decken. Aber das war Teil des Erlebnisses.
Das Gebäude war alt, erbaut im Jahr 1905. Sich vorzustellen, was die Wände des Tanzsaals während dieser Zeit nicht alles gesehen und gehört hatten! Vielleicht hatten die Schüler in den 1920er-Jahren hier Charleston getanzt, wie in *The Great Gatsby*. Vielleicht hatten sie sich hinter dem Rücken der Lehrer die neuesten und raffiniertesten Schritte beigebracht? Oder während des Krieges verbotene Zeitungen verteilt? Es gab so viele Verstecke in diesem Gebäude, dass das bestimmt gut möglich gewesen war. Die Schule hatte auch ihren eigenen Ritterorden. Er wurde vergeben an »Personen, die der Gesellschaft große Verdienste erwiesen und großen Einsatz für die Schule gezeigt haben«. Schüler der *Valkyrie* zu sein, war eine Verpflichtung.
Auch Mama war hier Schülerin gewesen.

Wir sollten in der ersten Stunde mit der Choreografie beginnen. Ich war früh dran und hatte mich gründlich aufgewärmt. Ich war bereit, spürte die Straffheit meines Körpers, die Konzentration und Kraft.
Birgitta sagte kein Wort. Starrte nur in die Klasse, über unsere Köpfe hinweg. Dann stellte sie die Musik an. Wir wussten, was wir zu tun hatten.
Wir tanzten alle das Gleiche, dieselben Schritte. Es schien bei allen zu klappen. Aus dem Augenwinkel sah ich Charlotte. Technisch war sie gut, aber irgendwie gab es zu viel von ihr. Ihr Körper hatte in etwa die Formen der Rothaarigen in *Mad Men*, und beim Tanzen zeigten sie sich noch deutlicher. Ida sah ich nicht, sie war in der Reihe hinter mir, aber ich hörte sie desto besser. Sie schnaufte wie ein altes Auto.

Birgitta pflegte uns daran zu erinnern, dass der Atem die Bewegungen verbinden und für fließende Übergänge und Einheit sorgen sollte. Idas Atem entsprach dieser Vorstellung nicht *ganz*. Er kam stoßweise, war angestrengt und nicht im Rhythmus. Bei mir floss alles regelmäßig, sowohl der Atem als auch das Tanzen.
»Amelie.« Birgitta wandte sich mir zu. »Dann kannst du jetzt nach vorne gehen und dein Solo tanzen.«
Ich trat einen Schritt vor die anderen und begann mit der Partie, die ich so lange geübt hatte. Es war nicht das erste Mal, dass ich das Solo bekam. Birgitta wählte oft eine von uns aus, als würden wir für eine Vorstellung üben. In letzter Zeit war immer ich es gewesen, und ich hoffte, dass es so weitergehen würde.
Port de bras – ich streckte mich, so weit ich nur konnte, führte die Bewegungen bis ins Letzte aus. Die Pirouetten – kein einziges Mal verlor ich die Balance. Dann die Sprünge – ich platzierte die Füße absolut präzise. Schließlich folgte der schwierige Abschluss. Ich suchte einen Punkt an der Wand und heftete meinen Blick darauf, führte federleicht und gleitend direkt zum Sprung über, bevor ich auf dem Boden abrollte. Die Bewegungen waren weich und präzise. Ich hatte alles gemeistert. Perfekt.
Die letzten Klaviertöne von *Hello* verklangen. Der Saal wurde still, das einzige Geräusch, das zu hören war, war unser Atem, der über dem fernen Rauschen der Stadt langsam ruhiger wurde. Wir wandten unsere Blicke zu Birgitta, hofften auf ein anerkennendes Nicken, vielleicht ein kleines Lächeln. Aber sie stand bloß bewegungslos da. Stoneface.

Herzschmerz, irgendwie

Nach einigen Sekunden ging Birgitta endlich ein paar Schritte. Sie bewegte sich immer wie auf einer Bühne. Jede kleinste Bewegung war choreografiert, als wäre sie sich ständig bewusst, dass sie beobachtet wurde, und das wurde sie ja auch oft – wenn auch nur von uns. Früher war das anders gewesen. Sie hatte ihre Ausbildung an der *Juilliard* in New York absolviert und auf den größten Bühnen Europas getanzt. *Die* Birgitta Jansson. Sie hatte auch mit Mama getanzt, in der Oper, ich hatte Bilder von ihr in Mamas Album gesehen. Aber das hatte Birgitta nie kommentiert, ich wusste nicht, ob sie jemals befreundet gewesen waren. Auf jeden Fall waren wir überglücklich, als sie unsere Lehrerin wurde. *Waren.* Ungefähr nach den ersten zwei Wochen an der Schule begann uns zu dämmern, dass die Ballerina-Medaille eine Rückseite hatte, die schwärzer war als eine Regennacht im November.
Sie blieb stehen. Ohne irgendjemanden von uns anzuschauen (der Blick war wie immer auf irgendeinen Punkt über unseren Köpfen gerichtet), begann sie zu sprechen.
»Dies ist nicht der Freizeitklub der Gesamtschule, meine Damen.«
Sie ging einen weiteren, übertrieben präzise gesetzten Schritt vor. »Ich hatte, ehrlich gesagt, angenommen, wir wären schon einen Schritt weiter.« Dann drehte sie sich zu Charlotte um. »Du versuchst schon deutlich, deine Gefühle hineinzulegen. Aber ...«

Eine weitere Kunstpause. Ich konnte beinahe Charlottes Herz unter dem Trikot schlagen sehen, obwohl sie mit der Hand an der Hüfte dastand und versuchte, so auszusehen, als sei ihr alles egal.

»Zu viel Busen und Oberschenkel.« An dieser Stelle legte Birgitta einen Hüftschwung ein, der einer Stripperin würdig gewesen wäre. »Vielleicht macht sich das ja gut. Bei anderen Gelegenheiten.«

Charlotte war rot geworden. Aber nicht wegen der Anstrengung.

»Beim Tanzen ist es tatsächlich notwendig, dass du das einschränkst«, schloss Birgitta.

»Verdammt noch mal, Birgitta! Das ist Schikane!«, rief Charlotte.

Birgitta würdigte sie nicht einmal eines Blickes.

»Für die Musik von Beyoncé ist wohl eher deine Art zu tanzen eine Schikane.«

Aus irgendeinem Grund war Birgitta ein großer Fan von Beyoncé. Ein *großer* Fan. *Hello* war bei Weitem nicht der erste Song von Beyoncé, zu dem wir getanzt hatten, zu Beginn des Frühjahrs hatten *Halo* und *Irreplaceable* auf dem Programm gestanden. Vielleicht hatte Birgitta tatsächlich irgendwo einen weichen, sentimentalen Kern in sich. Auch wenn sie ihn uns bisher nie gezeigt hatte.

Sie kehrte Charlotte den Rücken zu. Sie war fertig mit ihr. Und Charlotte sah auch ganz schön fertig aus. Ihr Arm war an der Seite heruntergefallen. – So gebeugt, wie sie jetzt dastand, wirkte sie fast flachbrüstig. Und dazu gehörte schon viel, denn Charlotte war überdurchschnittlich gut proportioniert.

Birgitta blieb bei Ida stehen. Idas Beine zitterten leicht, und wie um das zu verbergen, verlagerte sie das Gewicht.

»Ida. Du bist ein schlauer Kopf.«

Ida sah auf, auch jetzt noch voller Hoffnung, obwohl die ganze Klasse, sie eingeschlossen, wusste, was kommen würde.

»Hast du eventuell mal daran gedacht, lieber *darauf* zu setzen? Denn deine Koordination ...« Birgitta fehlten offensichtlich Worte, die hässlich genug waren, um ganz genau zu beschreiben, wie elendig Idas Koordination war. Sie sah sie nur lange an. Und schüttelte langsam den Kopf.

Idas Augen wurden blank. Ihr Körper zuckte, als ob sie davonlaufen wollte. Die Füße zeigten zu weit nach außen, befanden sich in ewiger *Zweiter Position*, wie bei Charlie Chaplin – was sie noch hilfloser aussehen ließ. Aber sie wich zum Glück nicht von der Stelle und blieb stehen.

Dann drehte sich Birgitta zu mir. Ihr Blick war ausdruckslos.

Ich versuchte ein Lächeln.

Je zufriedener Birgitta war, desto weniger pflegte sie zu sagen. Wenn sie sich mit einem einzigen Wort begnügte, einem der kürzesten im Wörterbuch, mit nur drei Buchstaben, da wusste man, dass sie wirklich zufrieden war: gut.

Gut war das Wort, nach dem ich mich sehnte. Ein »gut« von Birgitta konnte dafür sorgen, dass ich für den Rest des Tages über dem Erdboden schwebte und mir eine Vier in der Mathearbeit oder Charlottes viele Sticheleien egal waren. Es konnte mich sogar dazu bringen, Mama zu vergessen.

Doch heute war es kein einzelnes, kleines Wort, das über Birgittas Lippen kam. Es waren viele. Sehr viele.

»Amelie ... Die Technik hast du im Blut. Und trainiert hast du – wie immer«, begann sie.

Ich wusste nicht, was ich sagen sollte. War das ein Lob?

»Aber ...« Da kam es. *Aber*. Auch ein kurzes Wort, aber trotzdem absolut falsch.«... Technik und Training reichen jetzt nicht mehr aus.«

Ich spürte, wie mein Lächeln strammer wurde und die Mundwinkel verkrampften, bis es unmöglich wurde, sie noch länger oben zu halten.

»Wenn du Erfolg haben willst«, sie hob die Stimme, »dann musst du mehr zeigen. *Mehr.*«

Mehr. Noch ein kurzes Wort.

»Wir wollen *dich* im Tanz sehen.«

Sie fixierte mich. Ich versuchte, ihrem Blick zu begegnen. Und dabei auszusehen, als würde ich begreifen, was sie meinte. In Wahrheit verstand ich nicht die Bohne.

»Wo bist DU? Wo ist Amelie?« Das Letzte sagte sie so laut, dass das Fragezeichen fast zitternd über ihr in der Luft zu stehen schien.

Im Saal war es jetzt völlig still. Wir konnten die Straßenbahn hören, wie sie in einiger Entfernung durch die Straßen rumpelte. Alle sahen von mir zu Birgitta und wieder zurück. Ida war voller Mitleid, Charlotte stand mit offenem Mund da, in den Augen pure Sensationslust.

Birgitta war fertig mit mir und wendete ihren Blick ab. Sie ließ mich einfach stehen – wie etwas Unnützes, was sie am liebsten loswerden wollte.

Dann begann sie wieder ihre perfekt inszenierte Wanderung durch den Raum, lange Linien, aufrechte Schultern, gerader Rücken.

»Dies ist kein Freizeitklub.« Sie hob die Arme, beinahe wie bei einem *Port de bras.* »Die Technik MUSS sitzen.« Ein rascher Blick zu Ida. »Aber mehr als das.« Nun sah sie wieder zu mir. »Ihr müsst euch selbst in den Tanz legen. Wir müssen euch SEHEN.«

Sie war jetzt richtig in Gang, berauscht von ihren eigenen Worten.

»Tanzen ist eine Kunstform. Und echte Kunst entsteht durch die Seele ... Dadurch, dass ihr eure Gefühle und ...« Kunstpause. »... euren SCHMERZ in den Tanz legt.«

Die Konsonanten des Wortes wurden überdeutlich artikuliert – langgezogenes SCHM, rollendes R, scharfes Z.

Sie ließ die Arme sinken. Offensichtlich war sie fertig. Es wurde ganz still.

Dann hob sich eine einsame Hand. Türkiser Nagellack, ein Ring aus Weißgold mit glitzerndem Stein, garantiert echt, aus einem überfüllten Schmuckkästchen ausgewählt, sicherlich nach langem Hin- und Herüberlegen.

»Entschuldigung – ist das nicht ein bisschen klischeehaft?«, sagte Charlotte mit Zuckerwatte in der Stimme. »A la Herzschmerz gleich wahre Kunst?«

So war Charlotte. Niemand außer Charlotte schaffte es, dass ich mich so richtig klein fühlte. Gleichzeitig war es manchmal unglaublich gut, sie dabeizuhaben, wenn die giftige Nadel, die sich in der Zuckerwatte verbarg, andere als einen selbst stach.

Birgitta drehte sich zu Charlotte um. Sie sah sie nur an. Birgitta beherrschte alle Tricks aus dieser Kiste selbst, und noch einige darüber hinaus. Dieses Mal wählte sie mitleidige Resignation, als sei Charlottes Frage zu dumm, um einer Antwort würdig zu sein.

»Nein. Das ist wahrscheinlich zu viel verlangt.«

Sie drehte uns den Rücken zu und gab uns offensichtlich vollständig auf. Wir waren ihrer nicht würdig – weder ihrer Aufmerksamkeit noch ihrer Ausführungen. Vielleicht vergaß sie, dass wir tatsächlich sehr viel besser waren als viele andere. Dass wir uns allein durch die Aufnahme in die Tanzklasse der *Valkyrie* schon auf die Landesebene getanzt hatten, dass da lange Reihen von Ballettmädchen Schlange standen und sich wünschten, sie dürften unsere Trikots tragen.

»Danke. Das war's für heute.«

Sie sagte es zu den Bäumen vor den Fenstern, machte sich noch nicht einmal die Mühe, sich umzudrehen.

Die Klasse verschwand leise murmelnd und flüsternd in die Umkleide. Aber meine Füße waren wie festgefroren. Ich schaffte es nicht, mich zu bewegen.

Ist da noch mehr?

Ihre Worte vibrierten in meinem Kopf. Erst jetzt wurde mir bewusst, was sie gesagt hatte. *Wir wollen DICH im Tanz sehen ... Wo bist du?*
Ich war so sicher gewesen, dass es heute laufen würde. Und das war es ja auch. Fehlerfrei. Es gab nichts zu bemängeln. Die Schritte waren perfekt ausgeführt, ich hatte alle Übergänge gemeistert. Was war es dann?
Tief unten im Hals lauerte ein irritierender Kloß.
Birgitta drehte sich um.
»Überrascht?«
Ich konnte nur nicken.
Birgitta machte ein paar Schritte. Wie ein Roboter, steif.
»So tanzt du. Wie eine ...« Sie suchte nach dem Wort. »Eine Aufziehpuppe.«
»Entschuldige«, sagte ich leise.
Birgitta kam näher. Sie sah mich jetzt richtig an.
»Wenn du auf die Balletthochschule möchtest, reicht es nicht, die Technik zu beherrschen«, sagte sie.
Wenn ich es nicht besser gewusst hätte, hätte ich geglaubt, eine Andeutung von Mitleid in ihrer Stimme zu hören.
»Nein. Ich weiß ... Es tut mir leid«, sagte ich nur.
Aber da verhärtete sich ihr Blick wieder.
»Ja, genau. Das tut es wohl.«
»Ja!«

Sie trat auf mich zu. Legte ihre Hand auf meine Brust, direkt auf das Herz.

»Manchmal frage ich mich, ob hier drinnen noch etwas mehr ist.« Ihre Hand bewegte sich weiter, hoch zu meinem Ohr. »Oder bist du wirklich nur Perlenohrring und frisch gewaschenes Haar?« Sie zog am Ohrläppchen, an der Perle, einem Weihnachtsgeschenk von Papa aus dem letzten Jahr. Es war gleichzeitig schmerzhaft und viel zu vertraut.

Der Kloß in meinem Hals vergrößerte sich. »Entschuldige. Entschuldige! Ich werde noch mehr trainieren!«

»Ob du es glaubst oder nicht«, sagte sie leise. »Aber darum habe ich dich nicht gebeten.«

Dann ging sie.

Ich nahm mir viel Zeit unter der Dusche, wartete, bis alle fertig waren. Ich wollte allein sein, mit niemandem sprechen. Mit gesenktem Kopf stand ich da und ließ das Wasser über meine langen Haare laufen, sodass vor meinem Gesicht ein kleiner Hohlraum entstand. Hier in diesem Raum gab es nur mich. Dann drehte ich das warme Wasser ab. Langsam änderte sich die Temperatur, das Wasser wurde eiskalt. Ich hob das Gesicht und ließ den Wasserstrahl direkt auf mein Gesicht treffen. Das half.

Als ich etwas später zu den anderen hinauskam, lagen sie über die ganze Treppe verteilt in der Sonne und hatten offensichtlich bereits alles vergessen.

Charlotte und Ida hatten sich zu Ella und Caroline gesetzt, die nicht in die Tanzklasse gingen, sondern den allgemeinbildenden Zweig besuchten. Es waren alte Freundinnen von mir, schon aus meiner vorigen Schule. Aber seit ich hier in der Tanzklasse begonnen hatte, traf ich sie seltener, Charlotte und Ida dafür umso häufiger. Ella und Caroline lebten normale Leben. Sie trainierten nicht zusätzlich zur Schule den ganzen Tag. Trotzdem klagten sie darüber, wie anstrengend alles war – die vielen Hausaufgaben und Arbeiten. Sie hatten, ehrlich gesagt, überhaupt keine Ahnung.

Aber jetzt, in diesem Moment, hatten wir eine Viertelstunde Pause. Und Charlotte gehörte zu denen, die sie voll auszuschöpfen wussten.

»Hat irgendjemand Sonnencreme?«

Sie zupfte an ihrem Ausschnitt, sodass die Spitzenborte ihres *Victoria's Secret* herausguckte. Die Maisonne briet sie wie ein Stück Speck.

Ida wühlte in ihrer Tasche und warf ihr eine Tube zu.

»30?! Ich wollte eigentlich ein bisschen Farbe bekommen!«

»Falten auch?«, fragte Ida.

Ida und Charlotte kannten sich seit der ersten Klasse. Vielleicht war Ida deshalb die Einzige, die keine Angst hatte, Charlotte ihre Meinung zu sagen. Oder vielleicht auch, weil Ida schlagfertig genug war und fast immer eine passende Antwort auf Lager hatte.

»Bist du dreißig oder was?«, sagte Charlotte.

»Es ist deine Haut.«

»Mit vierzig ist das Leben von Tänzern vorbei. Da spielt es sowieso keine Rolle mehr, wie faltig man ist«, sagte Charlotte.

Da musste selbst Ida lachen.

Axel sprang auf, als er mich sah. Er kam zu mir und wollte mich küssen. Behutsam schob ich ihn zurück.

»Jetzt nicht.«

Aufmunternd legte er einen Arm um mich. »War es so schlimm?«

Die anderen hatten ihn offenkundig über Birgittas Festansprache informiert.

Ich nickte nur, aber Ida schüttelte den Kopf: »Ich begreife nicht, was Birgitta meint. Ich hätte den Übergang niemals hinbekommen.«

Das war nicht zu leugnen. Was die Technik betraf, kam Ida nicht im Entferntesten an mich heran.

»Aber du hast ja gehört, was sie gesagt hat«, antwortete ich.

»Wie lange ist es her, dass sie professionell getanzt hat? Zwanzig Jahre?«

»Egal. Wir sprechen hier über Birgitta Jansson.«

»Das ist nicht das Problem«, sagte Charlotte und reckte ihre Nase der Sonne entgegen. »Das Problem ist, dass es ihr mindestens schon genauso lange niemand mehr besorgt hat.«

Alle lachten. Und ich, ich lachte auch. Die Sonne brannte, es war Frühsommer. Und Charlotte hatte bestimmt recht, Birgitta war wahrscheinlich nicht mehr in der Nähe eines Mannes gewesen, seit ich geboren worden war.

»Scheiß drauf«, sagte ich. »Hat jemand Lust zu baden?«

Neues Geld

Mit einem perfekten Kopfsprung traf Axel auf die Wasseroberfläche. Ich hatte die ganze Clique zu mir nach Hause eingeladen. Wir hatten den Pool erst vor wenigen Wochen aufgedeckt, und nun galt es, ihn so oft wie möglich zu benutzen. Außerdem gab es für mich kaum etwas Schöneres: frisch gepresster Saft am Pool, Sonne, viele Freunde.

Axel hatte es schon geschafft, braun zu werden, und seine wöchentlichen Besuche im Fitnessstudio in letzter Zeit von drei auf fünf gesteigert. »Wenn du so viel trainierst, muss ich ja mithalten«, erklärte er. Das Ergebnis war nicht zu übersehen.

Axel war das, was Charlotte »süß« nannte. Das hatte sie auch gleich deutlich gezeigt, als wir auf die neue Schule kamen. Wenn Axel in der Nähe war, wurde ständig mit den Augen geklimpert und Lipgloss aufgelegt. Ein paar Wochen im Herbst hatten sie was am Laufen. Alle dachten, es wäre Axel, der irgendwann Schluss machen würde – er spielte sozusagen in einer anderen Liga –, aber dann war es Charlotte, die plötzlich nicht mehr wollte. Axel erzählte später, dass er nicht verstanden hatte, warum. Es war einfach eine nicht ganz ernst zu nehmende Liebelei, in der beide schnell feststellten, dass sie eigentlich nichts gemeinsam hatten. Und es wurde nie ernst. Sie hatten sich bestimmt nicht einmal geküsst. »Wir waren nie allein«, erklärte Axel, »egal, was wir vorhatten – immer hatte sie ein paar andere im Schlepptau.«

Axel und ich kamen vor Weihnachten zusammen, vor einem halben Jahr. Ich hatte auch schon vorher Freunde gehabt, aber das hier war anders. Für uns beide. Axel hatte Papa kennengelernt und ich seine Eltern. In den Winterferien kam er mit uns zum Skifahren, und zu Ostern war ich mit seiner Familie segeln.

Ich wusste, dass ich Glück hatte. Axel war nicht nur nett, er war auch gut in der Schule und stand in der Straßenbahn für alte Damen und Schwangere auf.

Papa beschrieb Axel als *netten Jungen*, aber aus irgendeinem Grund hätte ich mir gewünscht, er hätte etwas anderes gesagt. *Ein netter Junge* hörte sich nach wem auch immer an. Dabei war es doch nicht irgendeiner, sondern *der* Axel, mit dem ich zusammengekommen war – er, den eigentlich alle haben wollten. Du und Axel, ihr werdet heiraten. Ihr seid *The perfect Couple*, meinte Charlotte. Und sie wirkte überhaupt nicht eifersüchtig. Darüber, dass sie in der zehnten Klasse etwas miteinander gehabt hatten, lachte sie nur. »Hey! Wir waren kleine Windelscheißer!« Ida sagte nicht viel. Ida hatte noch nie einen Freund gehabt und wurde eigentlich immer ziemlich still, wenn Jungen in der Nähe waren. Sie war die netteste, warmherzigste und klügste Person, die ich kannte, aber nur wir Mädchen durften sie richtig kennenlernen.

Axel und sein Kumpel Mads balgten sich lautstark im Pool. Mads war immer in Axels Nähe – vielleicht glaubte er, cooler zu wirken, wenn er mit jemandem wie Axel herumhing. Aber es war Mads, über den wir lachten, er war es, der in jeder Situation einen trockenen Spruch auf Lager hatte. Axel war durchdacht und klug, eloquent, selten ironisch. Und nie besonders lustig.

Caroline und Ella chillten auf dem Rasen. Ida und ich saßen am Rand des Pools und plantschten mit den Beinen im Wasser.

Charlotte lehnte sich zurück und blinzelte durch eine riesengroße Sonnenbrille Richtung Sonne.
»Es ist unglaublich schön«, sagte Ida. »Was für ein Glück für uns, dass wir dich und deinen Pool kennen!«
Charlotte drehte sich auf die Seite und sah – wenn möglich – noch durchtriebener aus als sonst.
»Mhm ... Auch neues Geld kann ganz schön sein.«
Idas Rücken versteifte sich, in ihrem Blick lag plötzlich Feuer.
»Hallo?!«
»Ich habe nur gesagt, dass ich es hier schön finde.«
»Das hast du nicht gesagt.«
»Dann habe ich es gemeint.« Charlotte spritzte mit Wasser und grinste Ida an. »Jedenfalls hast du mich verstanden.«
»Es ist völlig überholt, von neuem und altem Geld zu reden«, sagte Ida.
»Mensch, *Ritter Ida*, das war ein Witz! Wenn Amelie es so schlimm finden würde, hätte sie selbst was gesagt.«
»Aber ...«, wollte Ida fortsetzen, aber ich fasste sie am Arm und sagte leise: »Vergiss es.«
Ida sah mich resigniert an. Sie wollte, dass ich mich zur Wehr setzte. Aber es hatte keinen Zweck. Charlotte Grøndahl Meyer war so weit oben am Holmenkollen geboren und aufgewachsen, wie es nur eben ging, ohne dass man beim Runtergucken vor Schwindel gleich hinterherfiel. Das galt auch für ihre Eltern. Und für deren Eltern. Und für deren Eltern. Papa und Mama waren dagegen erst direkt vor meiner Geburt in diese Gegend gezogen. Diesen Unterschied zwischen Charlotte und mir würde es immer geben. Den Unterschied zwischen *neuem Geld* – also Geld, das in den letzten zwanzig Jahren durch harte Arbeit verdient, einem Haus, das erst vor fünf Jahren gekauft, dem

Pool, der erst vor vier Jahren errichtet worden war – und dem Geld, das aus uraltem Familienvermögen stammte, Geld, das zurückverfolgt werden konnte bis zu Grafen und Baronen und Jarlsbergern und Gyldenløves und wie sie alle hießen. Wir hatten sogar einen neuen Namen. Prytz war Mamas Künstlername. Eigentlich hieß sie Karlsen.

»Alles kann mit Geld gekauft werden. Nur Geschichte nicht«, sagte Papa einmal, als ich von Charlottes Sticheleien erzählte. Und er brachte mir bei, dass es das Beste sei, sich nicht darum zu kümmern. »Geld ist nur Papier, und sowieso ist kein Geldschein älter als fünf Jahre. Dann sind sie verschlissen, und die Norwegische Bank druckt neue«, sagte er. Außerdem fand er, Charlotte wäre keine Freundin für mich, wenn sie das so beschäftigte. Aber das war eine andere Sache. Er verstand nicht, dass die Alternative, *nicht* mit Charlotte befreundet zu sein, viel schlimmer war. Und langweiliger. Zusammen mit Charlotte war man *on top of the world,* die Welt gehörte einem. Ihr Selbstbewusstsein, ihr altes Geld färbten auf uns alle ab, sodass wir auch da oben sitzen und auf alle anderen hinunterschauen konnten.

Dieses Mal fiel mir jedenfalls keine intelligente und schlagfertige Erwiderung auf Charlotte ein, so, wie sowohl Papa als auch Ida es bestimmt von mir erwarteten. Denn genau da *kam* Papa tatsächlich. Er war rot im Gesicht und schweißnass, nachdem er mit dem Fahrrad nach Hause gefahren war und keinen Berg ausgelassen hatte. Er hatte schon mit dem Schlusstraining für das Birkebeiner-Radrennen begonnen und absolvierte mindestens zwei Trainingseinheiten pro Tag, manchmal noch mehr.

In den Händen trug er zwei volle Taschen. Ich erhaschte einen Blick auf Fast-Food-Kartons.

»Sushi, anyone?« Er lächelte.

In diesem Augenblick gab es niemanden hier im Garten, der nicht gerne mit mir getauscht hätte, da war ich mir sicher. Altes Geld hin oder her.

Papa stellte die Taschen auf einen Tisch und öffnete sie.

»Und nach dem Essen erst einmal nicht baden, Kinder.«

»Papa ...«, sagte ich, nach außen hin ungeduldig, obwohl ich eigentlich so stolz auf ihn war, dass ich hätte abheben können.

Er zwinkerte uns zu und sah dabei George Clooney nicht ganz unähnlich.

Plötzlich klingelte sein Handy. Er nahm es in die Hand und sah auf die Nummer. Es musste mit seiner Arbeit zu tun haben, denn er wurde ernst und verschwand schnell im Haus.

Charlotte sah ihm nach. Dann lächelte sie. In ihrem Lächeln war kein Gift, nur Zucker.

»Weißt du, was dein Vater ist, Amelie?« Sie ließ einen türkis lackierten Zehennagel mit der Wasseroberfläche spielen. »Er ist ein richtiger DILF.«

Ich musste lachen.

Sie fuhr fort: »Dad I'd like to f...«

Platsch! Es gelang ihr nicht, mehr zu sagen, bevor Ida sie in den Pool schubste. Charlotte kam prustend an die Oberfläche. Ida und ich lachten, bis Charlotte uns mit einer Riesenfontäne zum Schweigen brachte.

Sofort war auch Axel da. Er zog sich am Rand hoch, sein Körper war nass und glänzend, und bevor ich noch lange darüber nachdenken konnte, zog er mich ebenfalls ins Wasser. Ich schrie beziehungsweise kreischte – so wie Mädchen es tun sollen, wenn sie von ihrem Freund ins Wasser geschubst werden. Er wollte sich auf mich werfen und mich unter Wasser ziehen. Aber ich

war schnell, schneller als er, und kraulte zur anderen Seite des Pools.
Da bekam er mich wieder zu fassen. Ich spritzte ihn an, aber er hielt mich fest. Ich wehrte mich, aber er war zu stark und fasste mich um die Taille, ich kam nicht los.
Das Wasser perlte auf seiner Haut. Er wurde ernst und strich ein paar nasse Haarsträhnen aus meinem Gesicht. Ich versuchte, ihn noch einmal nasszuspritzen, aber er hielt meine Arme fest. Ich wusste, was er wollte.
»Jetzt nicht.« Ich schob ihn vorsichtig weg. Es war schon das zweite Mal, dass ich diese Worte sagte, an nur einem Tag.
»Wann dann?« Er ließ mich los. Er hatte den Blick eines Dreijährigen, dem gerade ein riesengroßes Stück Schokoladenkuchen mit Gummibärchen weggenommen worden war.
Ich lächelte nur, so breit, dass meine Gesichtszüge ganz angespannt waren. Dann spritzte ich ihn wieder an.
»Fang mich doch!« Ich begann loszuschwimmen.
Er zögerte, überlegte kurz. Dann warf er sich hinter mir ins Wasser.
»Du hast es so gewollt!«
In zwei Zügen war er bei mir. Wieder legte er seine Arme um mich, aber dieses Mal zog er mich unter Wasser. Langsam, wie in Zeitlupe, sanken wir zu Boden. Ich zappelte mit den Beinen, um loszukommen. Es war nur Spaß, aber er war schwer. Ich hatte meine Augen geöffnet und sah, wie aus meinem Mund Luftblasen an die Oberfläche stiegen.
Es war nur Spaß, aber ich hatte langsam keine Luft mehr. Wir erreichten den Boden. Die Fliesen unter den Schulterblättern waren hart. Er starrte mich an, mit weit aufgerissenen Augen, unsere Gesichter waren nur Zentimeter voneinander entfernt.

Dann fasste er mein Kinn und zog es zu sich, drückte meinen Mund an den Seiten zu einer Schnute zusammen und küsste mich schnell und hart.

Endlich ließ er los. Ich kämpfte mich an die Oberfläche. Er hatte sich schon am Poolrand hochgezogen. Dort saß er und sah mich an, während ich nach Luft schnappte.

»Du hast es so gewollt«, sagte er wieder. Dieses Mal, ohne zu lächeln.

Die Autos

Danach war alles wie immer. Axel wurde wieder zu dem Jungen, der in der Straßenbahn für Alte und Schwangere aufsteht. Er wurde wieder zu dem Freund, der Saft einschenkte, mit einem Käscher Blätter aus dem Pool fischte und die Nachbarin Ellinor um den Finger wickelte, als sie mit schmalen Lippen, die an eine straff gespannte Schleuder erinnerten, bei uns auftauchte und sich darüber beschwerte, dass die Musik zu laut war.
Aber es fühlte sich an, als ob seine Arme einen Abdruck auf meinem Körper hinterlassen hätten – er hielt mich noch immer fest.
Es war meine Schuld. Ich hätte ihn küssen sollen. Wir waren zusammen, ich fand ihn nett. Er *war* nett – das war nicht nur etwas, was ich fand. Doch jedes Mal, wenn er versuchte, mich zu küssen oder über eine Umarmung hinauszugehen, machte ich innerlich zu. Ich bekam eine Gänsehaut, aber der falschen Art, mein Herz schlug, aber auf die falsche Weise, der Mund wurde trocken, die Hände klamm. Ich wollte überall sonst sein – nur nicht in seinen Armen. Deshalb waren wir nie weiter gekommen als bis zum Knutschen; Knutschen, das ich so schnell wie möglich abbrach, und es war schon längst ein großes Thema geworden, obwohl wir nie richtig darüber sprachen. Er dachte bestimmt, wenn er nur geduldig genug wäre, würde das vorbeigehen. Und ich dachte, wenn ich nur so tat, als wäre nichts, dann könnte ich das Problem bis in die Unendlichkeit aufschieben.

Als die Clique am späteren Nachmittag gesammelt das Haus verließ, hatten Axel und ich uns jedenfalls wieder vertragen. Und hoffentlich würden viele Tage vergehen, bis das Thema erneut auf der Tagesordnung erschien.

Ich blieb stehen und schaute ihnen nach, wie sie die Auffahrt hinuntergingen. Axel und Mads mit nassen Haaren, Quatsch machend und sich anrempelnd, Charlotte, Ella und Caroline, vertieft in ein Gespräch über die Sommerferien. Ida war die Letzte. Sie umarmte mich fest und ging zu ihrem Fahrrad, um das Schloss aufzuschließen.

»Bis morgen!«

Weder sie noch ich bemerkten, dass sie etwas vergessen hatte. Hätte eine von uns es in diesem Augenblick registriert, wäre manches später vielleicht anders gelaufen.

Sie verschwanden die Straße hinunter. Ihr Lachen und Plaudern wurden schwächer und schwächer. Bald war es ganz still.

Ich ging ins Wohnzimmer. Da stand Papa mit dem Telefon. Erst jetzt fiel mir auf, dass er den ganzen Nachmittag telefoniert hatte. Dass er hier im Wohnzimmer mehrere Stunden hin und her gegangen war.

»Es ist nur die Rede von ein paar Wochen«, sagte er zu jemandem am anderen Ende. Er trug immer noch sein Trainingszeug. Offensichtlich hatte er es noch nicht einmal geschafft, zu duschen. Hatte er überhaupt zu Mittag gegessen? Sushi jedenfalls nicht.

»Ich habe gedacht, das sei erledigt ...«

Er wurde unterbrochen. Scharfe Linien zerfurchten seine Stirn.

»Ja, aber, ich wusste nicht ... Ehrlich gesagt, hatte ich geglaubt ...«

Es schien, als habe der am anderen Ende viel zu sagen. Ich hörte eine Stimme, die redete und redete, verstand aber kein Wort.

»Aber es muss doch irgendwie möglich sein, die Kreditgrenze hochzusetzen«, sagte Papa schließlich. Jetzt bemerkte er mich.
Er lächelte plötzlich, aber die Augen lächelten nicht mit.
Mir wurde klar, dass ich lieber gehen sollte. Ich zog mich aus dem Wohnzimmer zurück und blieb im Flur stehen. Am besten trainierte ich jetzt. Nach Birgittas Tirade war das nicht gerade verlockend.
Aber noch bevor ich die Treppe erreicht hatte, wurde ich aufgehalten. Von draußen hörte man Motorengeräusch, das sich rasch näherte. Ich weiß nicht, warum es mir überhaupt auffiel, denn obwohl wir in einer Sackgasse wohnten, fuhren natürlich von Zeit zu Zeit Autos vorbei. Der Wendeplatz, der gerade noch leer gewesen war, füllte sich nun mit drei Fahrzeugen. Und sie hielten alle vor unserem Haus.
Das erste war ein ganz normaler Personenwagen, weder schick noch groß. Das andere ein roter Lieferwagen mit großer weißer Schrift auf der Seite: Schlüsseldienst Nord. Das dritte war ein Polizeiauto.
Papa registrierte die Autos fast im selben Augenblick wie ich. Er kam in den Flur, das Telefon immer noch am Ohr.
»Ich ruf dich zurück«, sagte er. Er beendete das Gespräch und blieb wie festgenagelt stehen.
Die Wagentüren gingen auf, von draußen hörte man gedämpft Stimmen. Schwere Stiefel auf dem Kies. Dann klingelte es.
»Papa?«, sagte ich.
Er stand nur da.
Es klingelte erneut, der Ton schrillte. Nun war es, als würde er aufwachen, denn er schickte mir ein rasches Lächeln.
»Meine Güte, was wollen die denn von uns?«
Dann öffnete er.

Draußen wartete eine Frau in einem grauen Kostüm, das für diesen sonnigen Tag viel zu warm aussah. Sie zeigte etwas vor, das ein Ausweis sein musste, aber weder Papa noch ich guckten darauf. Neben ihr stand ein Handwerker mit einer Werkzeugkiste. Und hinter ihnen zwei Polizisten in Uniform.
»Was wollen die hier?«, fragte ich Papa leise.
Er sah mich nicht an, sah niemanden an. Sein Blick hing lose in der Luft, irgendwo in tausend Metern Entfernung.
»Sie wissen, um was es geht«, sagte die Frau zu ihm.
Papa antwortete nicht.
Ich trat etwas weiter vor und konnte gerade noch einen Blick auf den Ausweis der Frau erhaschen, bevor sie ihn in die Tasche steckte: *Torill Olufsen. Gerichtsvollzieherin.*
»Lassen Sie uns bitte vorbei«, sagte sie.
Papa blieb stehen.
Sie ging einen Schritt vor und schob ihn vorsichtig zur Seite, sodass die anderen vorbeikamen.
Da wachte Papa auf. »Das ist Unsinn. Ein Missverständnis. Ich bin gerade dabei, das Problem zu lösen. Ich brauche nur ein paar Stunden, bitte.«
Torill sah ihn resigniert an, als hätte sie genau diesen Satz schon viele Male gehört.
»Ich bin gerade dabei, ein paar Telefonate zu erledigen«, versuchte er es erneut. »Bitte, lassen Sie mich nur …«
Torill hatte kein Interesse, sich die Fortsetzung anzuhören. Sie ging ins Haus hinein, die zwei Polizisten folgten ihr. Es wirkte fast, als wüssten sie, wohin sie wollten, so zielgerichtet bewegten sie sich. Der eine ging ins Wohnzimmer, während der andere rasch die Treppe hochlief.
Die Frau wandte sich uns zu.

»Sie dürfen das Allernotwendigste mitnehmen«, sagte sie. Dann ging sie den anderen hinterher.

Wir blieben stehen. Ich spürte plötzlich, wie der feuchte Badeanzug an meinem Körper klebte. Ich fror.

»Papa?«

Er sah mich nicht an. Sein Blick war auf den Boden gerichtet. Schließlich sagte er leise:

»Es ist nur für ein paar Tage, Amelie.«

Grand Hotel

»Nur das, was du wirklich brauchst«, sagte Torill.

Ich hatte gerade den extragroßen Koffer fertiggepackt, als sie hereinkam – den, den wir für lange Auslandsreisen benutzten. Ich hatte all meine Lieblingsklamotten hineingepackt, Sommerkleider, Sandalen, Cardigans, Jeans. Es war nicht wenig, aber es passte auch viel hinein. Ich wollte ihn gerade zumachen, als sie mich zurückhielt.

»Du kannst das nicht alles mitnehmen.«

»Warum nicht?«

»Nur das Allernotwendigste«, wiederholte sie.

Sie half mir, einen kleineren Koffer zu finden. Ich wählte ein Kleid, ein Paar Sandalen, zwei Jeans und mein iPad.

Ohne ein Wort nahm Torill das iPad und legte es vorsichtig zurück auf den Schreibtisch.

»Aber ... aber das gehört mir«, sagte ich.

»Jetzt nicht mehr«, sagte sie nur.

Ich schluckte. Es war, als hätte sich in meiner Brust ein Elefant niedergelassen und kämpfte, um herauszukommen. Ich konnte sie nicht ansehen, drehte mich weg und sammelte aufs Geratewohl ein paar alte Zopfgummis zusammen. Die durfte ich ja wohl auf jeden Fall einpacken.

»Aber vielleicht willst du das hier mitnehmen?«, fragte sie.

Sie hatte an der Wand das Bild von Mama und mir entdeckt. Das, wo ich acht Jahre alt war und Spitzenschuhe bekommen hatte. Sie nahm es ab und gab es mir. Ich zögerte, dann legte ich es sorgfältig ganz unten in den Koffer.

Als ich aus dem Haus kam, stand Papa schon fertig da. In der Hand hatte er seinen Aktenkoffer, der so klein war, dass er als Handgepäck durchging. Das war alles. Ich sah ihn an, hoffte, er würde den Mund öffnen, sein Gesicht würde sich plötzlich aufhellen und er würde sagen, das sei alles Quatsch, »Versteckte Kamera« oder so etwas. Aber er schwieg immer noch.

Torill streckte die Hand aus.

»Die Schlüssel.«

Er gab ihr seinen Schlüsselbund. Dann drehte sie sich zu mir, und auch ich musste meine Schlüssel hervorkramen.

Gleichzeitig dröhnte das Geräusch einer Bohrmaschine in den Ohren. Der Schlosser tauschte das Schloss der Haustür aus.

»Ist das wirklich nötig?«, fragte Papa.

Torill antwortete nicht.

Papa hatte offensichtlich ein Taxi bestellt, denn in diesem Augenblick fuhr es vor. Wir wollten uns gerade hineinsetzen, als ganz unten auf dem Weg plötzlich ein wohlbekanntes rotes Fahrrad auftauchte. Dünne Beine, die sich beim Treten anspannten, als sie die Steigung zu unserem Haus bewältigten – so, wie sie sie hunderte Male zuvor bewältigt hatten. Ida.

Nein. Sie durfte jetzt nicht kommen. Durfte das hier nicht sehen. Ida bremste und sprang vom Fahrrad. Ich ließ den Koffer los und ging schnell zu ihr. Sie lächelte.

»Hei. Ich habe nur meine Tasche vergessen«, sagte sie.

Erst jetzt fiel ihr auf, in was sie da hineingeraten war – all die Menschen vor unserem Haus: die Polizisten, der Schlosser, Torill. Jäh unterbrach sie sich.

»Was ist hier los?«

Ich schaffte es nicht, ihr zu antworten. Ida war nicht dumm. Sie konnte eins und eins zusammenzählen und selbst die richtige Antwort finden.
»Amelie?«
Ihr Blick verriet mir, dass sie genau das getan hatte.
Ich drehte mich um, bahnte mir einen Weg an den Polizisten vorbei und eilte in den Flur. Dort stand Idas blaue Tasche, in einer Ecke hinter der Küchentür. Die Polizisten und Torill waren mir gefolgt, aber ich griff nach der Tasche und ging wieder nach draußen.
»Die können Sie nicht mitnehmen. Sie gehört ihr«, sagte ich tonlos und gab Ida die Tasche.
Sie nahm sie entgegen. Sie sagte kein Wort, sah mich nur an.
»Bitte erzähl den anderen nichts. Bitte!«, sagte ich leise.
»Aber ...«
»Bitte!«
Sie nickte unmerklich. Dann nahm sie die Tasche auf den Rücken und fuhr davon.
Wir setzten uns ins Taxi. Meine Hände waren klamm, das Herz sprang mir fast aus der Brust, ich schluckte und schluckte, um den Elefanten dort drinnen an seinem Platz zu halten. Der Taxifahrer, der in der Maisonne ein kurzärmeliges Hemd trug und vor sich hin pfiff, als er unsere Koffer verstaute, begriff bestimmt nicht, warum wir aussahen, als gingen wir zu einer Beerdigung.
»Und wohin soll's gehen?«, fragte er und sah uns im Rückspiegel an.
Papa überlegte. Erst jetzt fiel mir auf, dass ich keine Ahnung hatte, wie es weitergehen würde. Hatte er überhaupt irgendeinen Plan?

Er lächelte.
»Was meinst du, Kleines«, so nannte er mich oft, obwohl ich bald genauso groß war wie er. »Sollen wir ein Fest daraus machen?«

Fünfundzwanzig Minuten später öffneten wir die Tür zu einer Suite im Grand Hotel. Papa hätte gerne die Turm-Suite gehabt, aber die war von einem Brautpaar belegt. Aber die, in der wir gelandet waren, war auch nicht gerade schlecht. Mattgraue Wände. Stilvolle Schwarz-Weiß-Fotografien, drei große Arrangements mit frischen Rosen, ein gigantisches Sofa mit Seidenkissen und Betten mit Matratzen, auf denen ich den Rest meines Lebens hätte schlafen können.
Ich ging ein bisschen umher. Dann blieb ich stehen und sah Papa an.
»Aber ...«
Er verstand, was ich dachte. Eine Frage, die ich noch nie zuvor gestellt hatte, mein ganzes Leben lang nicht: Können wir uns das leisten?
»Entspann dich. Im großen Zusammenhang bedeutet das hier nichts«, sagte er und lächelte. George Clooney war zurück, jedenfalls beinahe. Er führte mich zu einem Sessel, der so groß und tief war, dass ich fast von Samt verschluckt wurde, als ich mich hineinsetzte.
»Nun kannst du uns etwas Gutes zu essen aussuchen.« Er drückte mir das Menü des Room-Service in die Hände. Dann entdeckte er etwas auf dem Salontisch. »Ach, nein.« Er nahm mir das Menü wieder weg und gab mir stattdessen eine große, glänzende Broschüre, *Artesia Spa*. Er selbst tat so, als wäre er von dem Menü völlig gefesselt. »Ich suche etwas Schönes zu essen aus. Und du entscheidest, welche Spa-Behandlung du haben willst.«

Ich musste lachen. Langsam wich das beklemmende Gefühl aus meiner Brust. Gespielt streng sah er mich an.
»Genieß es, solange du kannst! Morgen fahren wir wieder nach Hause.«
Und ich glaubte ihm.

Da bist du endlich

Am Morgen danach erschien ich früh zum Unterricht. Aber Ida war noch früher dran. Während Charlotte häufig erst kurz vor Beginn der Stunde hereinstürmte – mit Haaren, die nach allen Seiten abstanden, und Stulpen, die flatternd aus der Tasche hingen – war Ida fast immer übertrieben pünktlich.
Sie war bereits fertig umgezogen, als ich in die Umkleide kam.
»Hei.«
»Hei.«
Ich lächelte und setzte mich neben sie.
»Wie ging es? Gestern?«, fragte sie.
Ich zog die Sandalen aus, streckte die Füße vor und spreizte die Zehen.
»Guck. Pediküre.«
»Häh?«
»Wir haben diese Nacht im Grand geschlafen. Und ich durfte ins Spa gehen.«
»Du machst Witze.«
Ich lachte. »Papa regelt die Angelegenheit heute. Es war ein Missverständnis.«
Ida nickte langsam.
»Aber sag bloß nichts zu Charlotte«, sagte ich.
»Keine Angst. Aber … Ihr seid doch Freunde?«
Typisch Ida. Manchmal verwechselte sie die Welt mit Bullerbü.
»Ja doch. Trotzdem.«

Ida dachte nach. »Kann man so etwas so schnell regeln? An einem Tag?«

»Ja.«

Im selben Augenblick klingelte mein Handy. Ich kramte in meiner Tasche herum, bis ich es fand. Es verbarg sich immer ganz unten, unter den Stulpen, der Kulturtasche und den Haarspangen. Dieses Mal hatte es sogar den Weg in einen meiner Jazzschuhe gefunden.

Mama leuchtete es auf meinem Display auf. Ich hatte sie nach vorgestern nicht zurückgerufen.

Ida guckte mir über die Schulter und sah, wer es war.

»Ist sie zurück?«

»Nein, sie ist immer noch in New York«, sagte ich. Aber ich schaffte es nicht, Ida in die Augen zu sehen. Ich hatte Angst, sie würde merken, dass ich log.

»Willst du nicht mit ihr sprechen?«

Ich stand auf. Jetzt war ich wohl gezwungen.

Zwischen Idas Augen bildete sich eine scharfe Linie, dieselbe, die sie beim Lösen schwieriger Brüche bekam – bei Matheaufgaben, bei denen kein anderer von uns eine Chance hatte.

»Dort muss es ja gerade mitten in der Nacht sein.« Sie hatte offenkundig die Zeitverschiebung ausgerechnet.

Ich beeilte mich Richtung Tür, während ich nach einer Erklärung suchte.

»Sie hat Spätvorstellungen«, sagte ich leichthin. Und registrierte, dass meine Stimme mindestens zwei Oktaven zu hoch war. Dann nahm ich das Gespräch an.

»Hei, Mama.« Ich beeilte mich hinaus auf den Flur. Er war leer, nur der Widerhall von Hunderten von Schülern auf dem Weg zu den Klassenzimmern war zu hören, Türen, die zufielen, Stühle, die auf dem Linoleum scharrten, Rucksäcke, die auf den Boden plumpsten. Das Letzte, was Ida zu sehen bekam, war bestimmt mein Lächeln am Handy, aber das Lächeln verschwand in dem Augenblick, als ich hier draußen allein war.

»Hei, Amelie. Endlich«, sagte Mama am anderen Ende.

»Ja. Entschuldige, dass ich nicht zurückgerufen habe. Im Moment ist ein bisschen viel los.«

Sie schwieg, antwortete nicht auf die Entschuldigung, hatte sie wohl schon zu oft gehört.

»Wo bist du?«, fragte sie endlich. Die Stimme war langsam, schwach, nicht wirklich ihre.

»In der Schule. Ich habe gleich Unterricht.«

Das hätte sie ja selbst wissen können, aber es schien nicht so, als ob sie auf die Uhr sah, bevor sie anrief.

»Wie geht es dir denn?«, fragte sie.

Was sollte ich antworten?

»Gut. Ganz gut.« Ich schluckte. »Alles ist wie immer.«

Ich lehnte mich an die Wand. Das Handy brannte an meinem Ohr. Ich hätte am liebsten aufgelegt. Aber nachdem ich nun rangegangen war, musste ich ihr auf jeden Fall ein paar Minuten geben.

»Und dir?«, fragte ich.

Ich kratzte ein bisschen Farbe von der Wand. Ein Farbsplitter schob sich unter meinen Nagel. Es begann zu bluten und tat weh. Ich steckte den Finger in den Mund.

»Die Tage sind ein bisschen eintönig«, sagte sie.

»Ja.«

»Aber mir geht es gut«, fuhr sie fort. »Das Wetter ist ja auch so schön.« Sie redete wie ein Roboter. Vorprogrammiert, mit langen Pausen.

»Mhm. Tanzt du manchmal?«, fragte ich.
Sie schwieg.
»Gestern habe ich einen Spaziergang gemacht«, sagte sie schließlich. »Das war schön. Es tat gut, sich zu bewegen.«
»Prima.« Ich hörte mich selbst wie von außen. Meine Stimme war kaum weniger roboterartig als ihre.
Dann kam die Frage. Die, die immer kam. Aber dieses Mal war sie nicht als Frage verpackt, sondern als Information.
»Du bist immer noch nicht hier gewesen.« Sie sagte es weich, nicht anklagend, aber trotzdem traf es mich hart. Das Blut im Mund schmeckte metallisch.
»Nein. Ich weiß. Aber ich werde bald kommen. Ich komme bald. Ich verspreche es.«
»Ich will dich ja nicht bedrängen, aber ...« Sie ließ den Satz in der Luft hängen.
»Nein, nein. Alles in Ordnung. Du bedrängst mich nicht.«
»Vielleicht nächste Woche?«, fragte sie. Ihre Stimme wurde jetzt heller.
»Ja. Es ist nur ... Im Moment ist so viel los«, sagte ich. »In der Schule, vor den Sommerferien, und ...« Ich ertappte mich selbst. Zu oft schon hatte ich genau diese Dinge zu ihr gesagt.
»Das verstehe ich, Amelie.«
»Ich *werde* bald kommen. Ich verspreche es.« Ich ließ meine Stimme leicht klingen. Und bemerkte, dass ich die Wand anlächelte, so sehr strengte ich mich an.
»Schön. Das ist schön«, sagte sie leise.
»Du, Mama, jetzt muss ich mich aber beeilen. Die Stunde fängt an. Okay?«
»Ja. Klar. Ja. Dann – tschüss.«
»Tschüss.«

Ich legte auf. Dann blieb ich einfach stehen. Es dauerte noch lange, bis die Stunde anfing. Ich hätte noch länger mit ihr sprechen können. Mir erzählen lassen, was sie in letzter Zeit gegessen hatte. Ob das Essen gut war. Ob sie jemanden kennengelernt hatte. Es hätte ihr viel bedeutet, mir einfach ein bisschen erzählen zu dürfen. Und noch mehr hätte es ihr bedeutet, wenn *ich* erzählt hätte. Über das Tanzen, die Schule, Axel. Mein Leben. Das hätte ich ihr geben können. Doch ich schaffte es einfach nicht.

Es fiel mir auf, dass ich ihr auch nicht von Papa und dem Grand Hotel erzählt hatte. Aber das alles fühlte sich so klein und unbedeutend an. In ein paar Monaten würde es eine gute Geschichte abgeben: Erinnerst du dich an die Nacht, in der wir im Grand übernachten mussten – nur wegen eines Missverständnisses? Erinnerst du dich an die Pediküre, die ich mir gegönnt habe? Und die fantastische Hummerpasta, die wir uns aufs Zimmer bestellt haben? Wir waren ganz einfach Touristen in unserer eigenen Stadt. Weißt du was? Das sollten wir wirklich noch einmal machen!

Wartezeit

Ich konnte Papas Stimme im Flur schon von Weitem hören, als ich im Grand auf unsere Etage kam. Sie war leicht und fröhlich.
»Ja, selbstverständlich. Das verstehe ich.« Offensichtlich telefonierte er wieder. »Nein, das ist klar!«
Ich öffnete die Tür und schlich hinein.
Er stand im Zimmer mit dem iPhone am Ohr. Er winkte, als ich hereinkam.
»Du, einen ganz kleinen Augenblick.« Er ließ die Hand sinken und lächelte mir zu.
»Amelie, kannst du dich noch eine knappe Stunde beschäftigen? Ich regele gerade noch die letzten Details.«
Ich nahm ein paar Schulbücher mit hinunter in die Lobby. Der weiche Teppich, der den Boden bedeckte, verschluckte meine Schritte. Der Verkehr und das Leben draußen hörten sich an wie ein gedämpftes Brausen. Norah Jones' Stimme lag in der Luft. Es war unmöglich festzustellen, woher sie kam, ich konnte keinen einzigen Lautsprecher entdecken.
Ich setzte mich in einen Sessel, der – wenn möglich – noch ausladender war als der in unserem Zimmer. Es fühlte sich an, als wäre man winzig klein und setzte sich auf den Schoß einer sehr dicken Dame. Auf dem Tisch neben mir standen Blumenarrangements, die größer waren als ich, und daneben lagen mehrere Hochglanzmagazine – unter anderem die letzte Ausgabe von *Costume*. Und überall brannten Kerzen.

Doch, doch – es war kein Problem, es sich hier »eine knappe Stunde« gemütlich zu machen.
Ich hatte keine Lust, mit den Hausaufgaben zu beginnen, las lieber in der *Costume* und brachte mich beim Thema Sommermode auf den letzten Stand. Gründlich.
Als ich das Magazin zur Hälfte durchhatte, drehte ich eine kleine Runde durch die Lobby. An der Rezeption stand eine Schale mit Bonbons. Ich nahm zwei. Die Dame hinter dem Tresen lächelte mir zu. Da nahm ich noch zwei.
Die Bonbons schmeckten nach Zitrone und Zusatzstoffen. Ich hatte Hunger, und sie reizten den Magen noch zusätzlich.
Ich las den Rest des Magazins. Nun kannte ich alle Sommertrends in- und auswendig. Im Grunde ein ziemlich sinnloses Wissen, da ich die meiste Zeit des Tages sowieso in Trainingsklamotten herumlief. Ich versuchte stattdessen, mit den Hausaufgaben anzufangen. Aber ich kam nicht richtig in Gang. Obwohl der Sessel unglaublich weich war, bekam ich langsam Rückenschmerzen. Oder vielleicht gerade deshalb: Er war *zu* weich. Ich sah auf die Uhr. Es waren 45 Minuten vergangen. War das lang genug?

Papa stand immer noch mit dem Telefon da, als ich zurückkam. Er lächelte mir nur zu, und ich merkte am Gespräch, dass er immer noch nicht ganz fertig war.
Ich ging wieder nach unten. Dieses Mal ins Café. Ins alte, ehrwürdige Grand Café. Ein Kellner platzierte mich an einen Fenstertisch. Eine ganze Nische nur für mich. Es sah aus, als hätte ich zu einem Fest eingeladen und keiner sei gekommen. Ich bestellte ein Krabbensandwich und ein Mineralwasser. Die Krabben badeten in der Mayonnaise. Ich kratzte sie am Tellerrand ab.

Draußen gingen Hunderte von Menschen vorbei. Viele unterhielten sich, lachten, manche telefonierten. Ich hörte sie kaum. Sie wurden durch große Fensterscheiben gedämpft – ein Aquarium, in dem Schwärme von Fischen vorbeischwammen. Vielleicht war ich auch selbst der Fisch.
Ich machte ein Zeichen, dass ich die Rechnung haben wollte. Der Kellner zwinkerte, als er sie mir überreichte. Flirtete er mit mir? Ich war bestimmt zehn Jahre jünger als er und wurde nicht dadurch älter, dass ich allein in dieser Fensternische saß. Nein, er flirtete nicht – sicher tat ich ihm nur leid.

Dann ging ich wieder hoch zum Flur vor unserem Zimmer. Ich legte die Hand auf die Türklinke, statt jedoch hineinzugehen, blieb ich stehen und hörte auf Papas Stimme. Jetzt war sie lauter. Angespannt. Das Helle war verschwunden, und er war keineswegs fertig. Ich drehte mich um und ging wieder.
Im Fahrstuhl waren nur Norah Jones' Stimme und ich. Ich wusste nicht, wohin mit mir, und drückte schließlich auf die oberste Taste.
Die Aussicht von der Dachterrasse war herrlich. Von hier oben sah alles anders aus. Ich war auf gleicher Höhe mit den Türmen des Rathauses. Vor mir lag eine Welt aus Dächern, und ein Stück entfernt konnte ich das Meer sehen. Ich hätte mir bestimmt einen Stuhl suchen und mich eine Weile hinsetzen können, um an meiner Sonnenbräune zu arbeiten. Aber mein Körper war unruhig, es kribbelte in den Beinen, sie konnten nicht stillstehen. Ich wusste auch nicht, wo ich meine Hände lassen sollte. Ich löste das Haargummi und band die Haare wieder hoch – sicher zum fünften Mal innerhalb von zehn Minuten.

Als ich das nächste Mal im Korridor vor unserem Zimmer stand, war Papas Stimme leise und eindringlich. Aber er war immer noch nicht fertig, und ich konnte nicht hineingehen.
Ich ging auf die Toilette, obwohl ich eigentlich nicht musste. Als ich die Hände wusch, begegnete ich im Spiegel meinem Blick. Ich erschrak. Das Mädchen, das mich ansah, hatte rote, trockene Augen, und der Mund war ein strammer Strich. Sie wusste mehr als ich.

Nach drei Stunden Wartezeit stand ich wieder vor der Tür des Hotelzimmers. Dieses Mal war es endlich still. Papa war offenbar fertig mit all seinen Telefonaten. Ich öffnete langsam die Tür. Er saß am Fenster. Das Gesicht lag im Dunkeln. Als ich hineinkam, stand er auf. Die Bewegungen waren schwerfällig. Dann erblickte ich die Koffer. Sie waren fertig gepackt.
»Können wir jetzt nach Hause?«, fragte ich. Doch ich sah ihn an und kannte die Antwort schon.
»Ich habe es versucht. Wirklich versucht«, sagte er. »Ich schaffe es nicht. Nicht heute.«
Ich nickte langsam, zog die Mundwinkel zu einem Lächeln hoch und tat so, als sei das für mich in Ordnung.
»Aber zum Glück«, fuhr er fort, »habe ich etwas für den Übergang gefunden.« Die Stimme klang leicht, als ob das etwas Positives wäre. »Wir können ja nicht für immer im Grand wohnen.«

Ein paar Minuten später saßen wir ein weiteres Mal im Taxi. Papa holte einen Zettel aus seiner Hosentasche; ich erkannte seine Handschrift.
»Ja ...« Er warf einen Blick auf den Zettel. »Wir wollen zum Fossumweg 11.«

Das war ein netter Straßenname. Beruhigend, ein bisschen niedlich.
»Wo ist das?«, fragte ich.
Er zögerte. »Ein kleines Stück Richtung Norden.«

Fünf Jahre

Das Taxi glitt die prächtige Karl-Johan-Straße hinunter, nach Westen, Richtung Schloss. Ich hoffte, der Ort, den Papa gefunden hatte, war nicht so weit von zu Hause entfernt. Wenigstens an derselben Straßenbahnlinie.
Als wir den Schlosspark erreichten, bog der Wagen nach rechts ab. Der Fahrer gab mehr Gas. Wir kamen zum Ring und bogen noch einmal rechts ab, nun Richtung Osten. Die Holmenkollen-Bahn konnte ich wohl vergessen. Aber vielleicht hatte Papa etwas in St. Hanshaugen gefunden? Es wäre toll, ein paar Wochen so zentral zu wohnen. Vielleicht konnten wir Mädchen uns vor Partys oder so immer bei mir treffen, da der Weg ins Zentrum so kurz war.
Das Taxi fuhr weiter. Noch weiter östlich, Richtung Grünerløkka. Die alte Arbeitersiedlung war inzwischen ein recht beliebtes Viertel. Ich erkannte die Straßen rund um die Unfallstation des Krankenhauses wieder – einmal war ich dort gewesen, als ich meinen Knöchel verstaucht hatte, aber wir waren nur kurz geblieben. Die Warteschlange war so lang, dass wir zu einer anderen Ambulanz fuhren.
Dann kamen wir auf eine große, breite Straße. Auf der einen Seite lag ein Park. Das musste der Botanische Garten sein. Ich hatte die dortigen Museen in der Grundschule ein paar Mal besucht und erinnerte mich an einige ausgestopfte, verstaubte Tiere und an einen wimmeligen Vogelfelsen aus Pappmaschee.

Wir fuhren immer weiter und weiter. Das war jetzt wirklich der Osten von Oslo. War es hier? Wir fuhren an einer Kneipe vorbei. Ein paar Betrunkene stürzten heraus. Nein. Hier konnte es nicht sein.
»Wie weit ist es eigentlich?«, fragte ich.
Papa sah aus dem Fenster.
»Noch ein kleines Stück«, sagte er zu den Autos, die vorbeifuhren.
Wir kamen zum Sinsen-Kreuz und fuhren auf der Autobahn weiter Richtung Norden. Der Fahrer gab Gas. Das Auto fuhr jetzt 90. Ich warf Papa einen Blick zu, aber er hatte sein Gesicht immer noch von mir abgewandt.
»Ist es in Oslo?«, fragte ich.
»Ja, es ist in Oslo.«
Wir passierten das Schild von Bjerke.
Danach Brobekk.
Linderud.
Veitvet.
Namen, die ich kaum je wahrgenommen hatte.
Auf der rechten Seite, etwas unterhalb von uns, lag ein großes Industriegebiet. Schornsteine, Parkplätze, niedrige Industriegebäude. Und überall standen Häuserblocks. Einige niedrige mit vier Etagen, andere sehr hohe – ich konnte nicht einmal die Stockwerke zählen. Ein Schild gab Auskunft, dass wir uns auf der Fernverkehrsstraße 4 befanden, aber ich konnte mich nicht erinnern, jemals hier entlanggefahren zu sein. Ich hatte jedenfalls nie bemerkt, wie trist es hier war.
Wir fuhren auch am nächsten Vorort vorbei, dann am nächsten – und am folgenden.
Da verließ das Taxi die Autobahn und bog nach rechts ab. Die

Straße, auf der wir fuhren, war ziemlich breit, der Verkehr dicht. Auf der anderen Seite der Straße lag ein graues Gebäude mit einem großen roten Schild. *Stovner Center.*
Wir passierten das Einkaufszentrum. Häuserblocks ragten auf beiden Seiten empor. Auf den Straßen dazwischen spielten kleine Kinder. Viele waren dunkelhäutig. Auf den Balkonen hing Wäsche zum Trocknen. Die Balkonkästen hatten Rostflecken. An einer Ecke stand eine Gruppe Jugendlicher. Wir fuhren so langsam, dass wir im Auto ihre Stimmen hören konnten. Sie redeten laut in einer fremden Sprache, vielleicht Urdu.
Schließlich hielt das Taxi. Ich öffnete die Tür und stieg aus. Ein Mietshaus mit fünf Etagen ragte über mir empor.
»Ist es hier?«, fragte ich Papa.
Er nickte.
»Bist du sicher?«
Er antwortete nicht, hatte mich vielleicht nicht gehört, und ging, um unsere Koffer aus dem Kofferraum zu holen.
Der Fahrer, der nicht einmal Anstalten machte, auszusteigen und uns zu helfen, steckte den Kopf aus dem Fenster.
»587 Kronen.«
Papa ging zu ihm.
»Okay, einen Augenblick.«
Er gab dem Fahrer eine Karte.
Der Fahrer zog sie durch den Kartenleser. Wir warteten.
Das Gerät piepte.
»Keine Deckung«, sagte der Fahrer.
»Mhm ... Dann versuchen Sie bitte diese.« Papa reichte ihm eine andere.
Der Fahrer zog sie durch, jetzt etwas rascher, seine Bewegungen wirkten irritiert.

Auch diese wurde nicht akzeptiert.
Papa wühlte in seiner Brieftasche. Die Hände fummelten herum. Sie zitterten. Er zog eine weitere Karte heraus, entschied sich aber anders. Vielleicht wusste er, dass auch dieses Konto leer war oder gesperrt, und steckte die Karte wieder ein. Dann zog er ein paar Scheine heraus.
»Behalten Sie den Rest.« Er war rot im Gesicht, beeilte sich, die Koffer hochzuheben, und begann Richtung Haustür zu gehen.
Der Fahrer besah sich die Scheine und grinste. Es war viel zu viel.
Papa fand die Türklingel und drückte darauf. Eine schnarrende Männerstimme meldete sich in der Gegensprechanlage.
»Dritter Stock.«
Die Tür summte, wir wurden eingelassen. Wir fanden den Fahrstuhl. Er war eng und trist und roch muffig, wie nasse Turnschuhe.
Ein langer Korridor lag vor uns. Die Wände waren schmutzig-grün gestrichen, mehrere Lampen kaputt. Wir gingen auf dem Linoleumfußboden von Lichtkreis zu Lichtkreis.
Papa blieb vor einer Tür stehen und klingelte. Der Klingelton war nur ein hartes, unfreundliches *Bzzz*. Die Tür ging auf. Innen stand ein Mann. Er hatte ein fleischiges Gesicht, trug einen schlecht sitzenden Anzug und streckte uns eine bleiche Hand entgegen. Er stellte sich als Vermieter vor.
Er zeigte Papa die Wohnung. Ich hörte nur Bruchstücke des Gesprächs – Papa, der sich entschuldigte und sich bedankte. *Vorübergehend, unvorhergesehen, kurzfristig.* Der Mann hörte kaum hin, hastete ungeduldig durch die Räume – es war deutlich, dass er fertig werden wollte. Hinter mir flossen die Worte ineinander, wurden zu einem Summen in den Ohren.

Im Wohnzimmer standen kaum Möbel, und das war vielleicht auch gut so, denn die, die dort standen, hatten schon bessere Tage gesehen – irgendwann vor vielen Jahren, in den Neunzigern. Das Sofa war fleckig. Der Fernseher ein alter Kasten. Das Regal sah aus, als sei es vom Flohmarkt. Auf dem Boden lag ein löchriger Flickenteppich. Und die Aussicht ... Nein, es gab keine Aussicht. Wir sahen direkt in den Nachbarblock.

In der Küche war ganz offensichtlich nichts mehr gemacht worden, seit das Haus gebaut worden war. Der Bodenbelag hatte hässliche Kerben und Brandflecke. Die Arbeitsplatte war verkratzt und fleckig.

Ich öffnete die Tür zum Schlafzimmer, dem einzigen, das es gab. Drinnen standen ein einfacher Schrank und ein abgenutztes Bett mit einer Schaumgummimatratze und ein paar Decken. Das war alles.

Das Summen in den Ohren wurde lauter. Die Augen brannten. Ich bekam gerade so mit, dass sich Papa draußen im Flur vom Vermieter verabschiedete.

»Noch einmal vielen Dank, dass Sie uns so kurzfristig helfen konnten.«

Papa kam wieder ins Wohnzimmer herein. Mitten im Raum blieb er stehen, ohne sich zu bewegen. Er sah überall hin, nur nicht zu mir.

»Du bist bestimmt wütend«, sagte er nur.

»Sollen wir wirklich HIER wohnen? In Stovner?«

Ich sagte es leise, hatte aber Lust zu schreien. Ich schrie Papa nie an. Und er schrie mich nie an.

»Nur für eine kurze Zeit.«

»Für wie lange?«

Er antwortete nicht.

»Für wie lange?«

»Amelie ...« Er sagte meinen Namen ganz weich. Als ob das irgendetwas änderte.

Ich starrte ihn nur an. Er wand sich unter meinem Blick. Endlich kam die Antwort.

»Mir ist ein Insolvenzverfahren aufgezwungen worden«, sagte er leise. »Die Gerichtsvollzieherin bestimmt nun über unser Geld.«

»Aha. Und wie lange wird die *Gerichtsvollzieherin* das tun?«

»Wir müssen ja nicht unbedingt die ganze Zeit *hier* wohnen bleiben ...«

Er wurde wieder still. Dann riss er sich zusammen und sah mir in die Augen.

»Aber das Verfahren funktioniert so, dass ... egal, was passiert ... und egal, wie viel ich zurückzahlen kann ... Irgendwann bin ich schuldenfrei – spätestens ...«

Er machte eine lange Pause. Dann kam es:

»... in fünf Jahren.«

»Fünf Jahre?!«

»Ich verstehe, wenn du wütend bist.«

Ich war nicht imstande, etwas zu erwidern. Fünf Jahre. Fünf Jahre. Und alles war seine Schuld.

»Nein, ich bin nicht wütend.« Ich presste die Worte heraus und brachte es nicht über mich, ihm in die Augen zu sehen. »Ich bin nicht wütend.«

Sein Lachen

Ich lag direkt auf der fleckigen Matratze. Wir hatten keine Bettwäsche. Mit der Decke hatte ich gerade so meine Füße bedeckt. Sie war einfach *zu* eklig. Das Schlafzimmer hatte keine Gardinen. Direkt vor dem Fenster stand eine Straßenlaterne, und das Licht fiel in einer Raute auf den Boden.
Schlafen war unmöglich. Auf der Matratze fühlten sich die Schulterblätter hart und verklumpt an, und das Kreuz tat weh. Wie hatte ich es überhaupt über mich gebracht, mich hinzulegen?
Ich drehte mich auf die Seite, das Bett knarrte. Doch nun war es die Hüfte, die bis zum Bettrost einsank. Ich überlegte, mich auf den Bauch zu legen, aber allein der Gedanke, mein Gesicht noch tiefer in das dreckige Kissen bohren zu müssen, verursachte mir Übelkeit. Am Ende lag ich wieder auf dem Rücken.
In der Wohnung war es still. Papa hatte das Licht im Wohnzimmer, wo er auf dem Sofa schlief, ausgemacht. Kurz vorher hatte er sich geräuspert. Er war bestimmt auch noch wach, obwohl ich nichts mehr von ihm hörte.
Umso mehr hörte man vom Rest des Hauses.
Irgendwo weiter oben weinte ein Baby. Durchdringend und außer sich vor Wut. War da niemand, der es trösten konnte?
Nebenan hörte ich einen Streit in einer fremden Sprache. Vielleicht Türkisch?

Unter mir ertönte Musik, ein hämmernder Rhythmus. Die Melodie war nicht auszumachen.
Und schließlich lachte jemand. Ein Junge oder ein junger Mann. Laut und trillernd.
Ich klammerte mich an dieses Lachen. Ich versuchte, nur auf *dieses* Geräusch zu hören. Unbekümmert, durch und durch fröhlich. Vielleicht sogar glücklich.

Am nächsten Morgen erwachte ich, bevor das Handy mich weckte. Die Sonnenstrahlen hatten gerade mein Kissen erreicht und wärmten durch die Fensterscheibe mein Gesicht. Zuerst begriff ich nicht, wo ich war. Hatte ich am Abend zuvor vergessen, die Gardinen vorzuziehen? Aber mein Zimmer hatte doch keine Morgensonne? Dann öffnete ich die Augen und erinnerte mich an alles. Mein Körper wurde so schwer, dass es sich anfühlte, als würde ich *durch* die vergammelte Schaumgummimatratze hindurchsacken. Ich schloss die Augen wieder. Wollte nur daliegen. Wollte nur weg.
Papa hatte die Verkehrsanbindung gecheckt. Mit der U-Bahn dauerte es gut 25 Minuten bis zur Haltestelle Majorstuen, wo ich in die Straßenbahn umsteigen musste. Eigentlich war das gar nicht so sehr viel länger als von der Stadt nach Hause, die Holmenkollen-Bahn hatte ebenfalls irritierend viele Haltstellen, aber trotzdem fühlte es sich an, als würde ich eine Weltreise antreten, als müsste ich an diesem Tag viel mehr Zeit einplanen als normal.
Ich hatte keine Lust auf das trockene Brot, das Papa gestern am späten Abend in einem Supermarkt gekauft hatte. Als ich mich also kurz darauf auf den Weg machen wollte, hatte ich einen leeren Magen. Papa saß immer noch im Wohnzimmer. Er

hatte die Frühnachrichten angestellt, als ob es tatsächlich noch irgendeinen Sinn machte, auf dem Laufenden zu bleiben.
»Ich brauche Geld fürs Mittagessen.«
Das war das Erste, was ich zu ihm sagte. Ich wusste, ich hätte etwas anderes sagen sollen, ihn fragen, ob er gut geschlafen hatte. Ich hätte versuchen sollen, nett zu sein, aber ich schaffte es einfach nicht.
Er stand vom Sofa auf. Er war noch nicht angezogen und trug den Morgenmantel vom Grand Hotel. Hatte er den mitgehen lassen? Mich wunderte nichts mehr.
Er suchte in der Brieftasche ein 20-Kronen-Stück und reichte es mir, als hielte er etwas Wertvolles in der Hand. Ich sah es an. In welchem Jahr glaubte er zu leben? 1980? Für zwanzig Kronen bekam man ja nicht einmal eine Flasche Wasser.
Er verstand wohl, was ich dachte, seufzte und gab mir noch einen Fünfziger. Ich war schon auf dem Weg zur Tür, als mir noch etwas einfiel.
»Ich brauche neue Jazzschuhe. Die alten sitzen nicht mehr. Kannst du mir im Laufe des Tages was überweisen?«
Ihm traten plötzlich Tränen in die Augen, und er schüttelte fast unmerklich den Kopf. »Amelie ...«
Ich konnte mich nicht überwinden, ihn anzusehen. Ich wusste ja, dass die Konten leer waren, die Karten gesperrt, dass es bestimmt keine einzige Krone zu überweisen gab. Aber trotzdem. Ich brauchte neue Tanzschuhe. Und ich wollte, dass er es wusste. Und daran dachte. Und es ihn quälte. Wenigstens das.
Erst als ich meinen Blick hob, bemerkte ich, wie hart es ihn getroffen hatte. Seine Augen drohten überzulaufen. Noch nie hatte ich Papa weinen sehen, und nun stand er mit Tränen in den Augen vor mir.

»Entschuldige«, sagte ich leise. »Ich weiß, dass es nicht geht. Ich werde dich nicht mehr nerven.«
Er nickte und wirkte erleichtert. Dann streckte er seine Hand aus und wollte mir über die Wange streichen. Instinktiv wich ich zurück. Ich wollte nicht, dass er mich anfasste. Er bemerkte es, sagte aber nichts.
Ich beeilte mich, aus der Wohnung zu kommen. Ich war nicht wütend. Aber ich brachte es in diesem Moment einfach nicht über mich, länger mit ihm zu sprechen oder ihn anzusehen. Da war es besser zu gehen, ihm zu entgehen.
Ich nahm die Treppe. Der muffige, enge Fahrstuhl verlockte mich nicht. Unter mir öffnete sich eine Tür.
»Bin um sieben zu Hause! Ich schau noch kurz im XL vorbei!«, rief eine Stimme. Und dann, als ob irgendeine Ermahnung erfolgt war: »Jaja! Tschüss!«
Flinke, leichte Füße trafen unten auf die Betonstufen. Ich sah den Schatten eines Jungen – den Rucksack, eine Kapuzenjacke und dunkles, kurz geschnittenes Haar. Er öffnete die Tür zur Straße. Von draußen hörte ich Musik, Hiphop, bevor die Tür hinter ihm ins Schloss fiel.
Ich folgte ihm. Die Musik wurde lauter. Ein Stück entfernt stand auf dem Gehweg ein kleiner Lautsprecher, der an ein Handy angeschlossen war. Von dort kam die Musik.
Vor dem Lautsprecher standen drei Kinder im Alter von vielleicht zehn Jahren. Ein Junge mit pakistanischen Zügen, ein Junge, der Halbasiate zu sein schien, und ein blondes Mädchen mit Cap und Baggy-Pullover und ebenso jungenhaft wie die beiden anderen.
Die Kinder tanzten – Breakdance. Es schien fast, als würden sie direkt von einer Straße in New York oder so kommen. Ich

musste einfach stehen bleiben und ihnen zusehen. Es war beeindruckend.

»Geht das nicht so?«, fragte das Mädchen die beiden anderen. Sie machte einen Tanzschritt.

»Nein, du springst zu langsam«, sagte der eine Junge. Er probierte es selbst, um es ihr zu zeigen, aber auch er bekam es nicht hin.

»Na, du musst ja auch das Bein wechseln«, meinte der andere Junge, stolperte jedoch, als er es vormachen wollte.

Erst jetzt bemerkte ich, dass der Junge aus dem Treppenhaus vor mir auf dem Gehweg stand. Mit dem Rücken zu mir. Nun drehte sich das Mädchen zu ihm um.

»Zeigst du es uns, Mikael?«

Er zögerte. Dann ging er zu ihnen.

»Ihr müsst gleichzeitig springen und das Bein wechseln«, sagte er. Seine Stimme war weich und tief.

»Aber das versuchen wir doch schon die ganze Zeit!«, sagte das Mädchen.

Alle drei sahen den großen Jungen, Mikael, auffordernd an. »Bitte!«

Er warf einen Blick auf sein Handy, wahrscheinlich, um die Uhrzeit zu checken. Dann ließ er seinen Rucksack auf die Erde fallen. Er zählte vor, und dann begann er zu tanzen. Er wandte mir immer noch seinen Rücken zu, aber ich brauchte ihn nicht von vorne zu sehen, um zu erkennen: Hier war jemand, der es wirklich *konnte*. Alles saß. Er hatte Timing, Gefühl und Technik.

Die drei Kinder starrten ihn an.

Er fügte noch ein paar weitere Moves hinzu. Gekonnt, stark, kraftvoll. Und schloss mit einigen unglaublich schnellen und präzisen Schritten auf dem warmen Asphalt.

Die Kinder applaudierten. Er verbeugte sich, albern, mit ausla-

denden Armbewegungen, wie eine Ballerina. Dann wandte er sich um, um seinen Rucksack aufzuheben. Und sah direkt in mein Gesicht. Er hielt mitten in der Bewegung inne.
»Hei! Wo kommst du denn her?«

Die Perle

Er hatte genau den gleichen Gesichtsausdruck wie Axel, als er mich letztes Jahr auf dem Weihnachtsball »entdeckte«. Bis dahin hatte Axel mich nie richtig zur Kenntnis genommen, aber als ich an diesem Abend den Saal betrat, im neuen puderfarbenen Kleid und mit hochgesteckten Haaren, fiel ihm seine Kinnlade so weit herunter, dass ich das Zäpfchen sehen konnte. So stand Mikael jetzt da. Aber er bemerkte es wohl selbst, denn plötzlich klappte er den Mund wieder zu. Damals konnte ich Axel verstehen. Aber jetzt, nach viel zu wenig Schlaf, mit zerzausten Haaren und dunklen Ringen unter den Augen ... Ich sah wirklich nicht gut aus. Ich fingerte an meinem Handy herum, stellte fest, dass es schon spät war, und beeilte mich zu gehen.
»Sorry. Ich ... ich muss die U-Bahn erwischen.«
Er joggte, bis er an meiner Seite war. »Ich auch!«
Die Kinder riefen hinter ihm her: »Nein! Mikael ... Noch ein bisschen, bitte!«
Er drehte sich zu ihnen um. »Nein! Ich muss jetzt zur Schule.« Dann machte er ein gespielt strenges Gesicht. »Und ihr auch!«
Sie schnitten eine Grimasse. Er wandte sich wieder mir zu.
»Bist du neu hier?«
»Sehe ich so aus?«
»Ja, vielleicht – ein bisschen.«
Er grinste. Und ich verstand plötzlich, dass es das genau traf: Ich sah hier *sehr* neu aus, nicht einfach nur neu. Deplatziert, alles

andere als »stovner-artig«. Mit Perlohrringen und beige- oder puderfarbenen Markenklamotten fügte ich mich hier nicht gerade nahtlos ein. Meine Wangen wurden heiß. Ich sah weg und trat nach einem Stein, ohne es zu wollen.
Er hörte auf zu grinsen. Vielleicht dachte er, ich sei sauer.
»Bist du hierhergezogen?«
»Nein. Ich wohne hier nur für kurze Zeit.«
»Dann bist du also doch hierhergezogen?«
»Ich habe nur gemeint ...«
»Ich weiß, was du gemeint hast.«
Er lächelte mich an, nett, aber gleichzeitig auch neckend, während er eine Augenbraue nach oben zog. In seiner rechten Wange bildete sich ein Grübchen. Sein Blick war rasch und neugierig wie bei einem Eichhörnchen. Ich spürte, wie ich rot wurde, und ärgerte mich über mich selbst. Warum traf mich das so?
Wir waren bei der U-Bahn-Station angekommen. Im selben Moment kam die Bahn. In der morgendlichen Rushhour waren nur noch wenige Sitzplätze frei, deshalb blieben wir stehen. Es wurde sehr, sehr still.
Sollte ich etwas sagen? Eigentlich waren wir ja nicht gemeinsam unterwegs. Ich heftete meinen Blick auf das Werbeplakat an der Decke. Und las es viele Male.
In regelmäßigen Abständen hielt die Bahn, und noch mehr Leute stiegen zu. Es wurde voll. Wir standen weit drinnen, gegenüber der Tür. Er stellte sich zwischen mich und die Tür und die anderen Passagiere, sodass ich Platz hatte. Er selbst wurde ständig geknufft. Ich ließ meinen Blick an ihm vorbeischweifen und sah ihm dann in die Augen. Er schaute mich an, schlug seine Augen aber rasch nieder. War er nun an der Reihe, rot zu werden?

Ich merkte plötzlich, wie hungrig ich war. Wenn nun mein Magen anfing zu rumoren? Ich legte schnell eine Hand darauf, um den Hunger sozusagen wegzudrücken. Ein leises Magenknurren ließ sich vernehmen. Ich warf Mikael einen raschen Blick zu, aber es schien nicht so, als hätte er es gehört.

Immer mehr Pendler kamen dazu. Jetzt standen wir ganz eng. Oben trug er nur ein T-Shirt. Er war schlank, fast schon dünn, aber durchtrainiert. Ich hatte ein Stricktop mit Goldfäden und kurzen Ärmeln angezogen. Er veränderte seine Haltung, und sein Arm streifte meinen. Der Arm war glatt und warm. Die Berührung hinterließ eine prickelnde Spur auf meiner Haut, die nicht verschwinden wollte.

Die Bahn fuhr in einen Tunnel. Im Fenster konnte ich undeutlich unser Spiegelbild erkennen. Wieder trafen sich unsere Blicke, und dieses Mal sah er nicht weg. Im Spiegelbild hielt er meinen Blick fest – oder? Das Blut stieg in meine Wangen, und ich beeilte mich wegzusehen.

Ich schwitzte. Die Tasche schnitt mir in die Schulter. Ich versuchte, sie herunterzunehmen, aber sie verhakte sich in meinem Ohrring. Der Stecker löste sich, die Perle fiel hinunter und verschwand.

Mikael begann zu suchen, bückte sich zwischen all den Beinen und inspizierte den Boden.

Ich befühlte mein Ohrläppchen. Der Verschluss klebte immer noch daran. Ich nahm ihn ab. Mikael hatte die Perle wohl nicht gefunden und kam wieder hoch.

»Warte. Beweg dich nicht. Da ist sie«, sagte er plötzlich.

Jetzt hatte ich den Stecker ebenfalls entdeckt. Er saß in meinem Oberteil fest, am Halsausschnitt.

»Ich habe sie«, sagte er.

Er löste die Perle vorsichtig. Seine Hand berührte meinen Hals. Er begegnete meinem Blick. Große, klare Augen. Das neckende Lächeln war verschwunden.

Ich bekam eine Gänsehaut und verbarg die Arme hinter dem Rücken, damit er sie nicht sehen konnte.

»Hier.« Er gab mir den Ohrstecker, den ich beinahe vergessen hatte. Ich beeilte mich, ihn an mich zu nehmen, und steckte ihn schnell in die hintere Hosentasche.

»Steckst du ihn dir nicht wieder ins Ohr?«

»Das mache ich später.«

Wir blieben schweigend stehen. Sein Körper war nur Millimeter von meinem entfernt.

Ich zählte die Haltestellen. Bald waren wir da. Und obwohl ich es niemandem gegenüber eingestanden hätte, am allerwenigsten mir selbst, wünschte ich, diese Fahrt würde nie ein Ende nehmen.

Erst als wir die U-Bahn-Station verließen und auf den viel zu lauten, hellen Bahnhofsplatz hinaustraten, sprachen wir wieder.

»Wo musst du hin?«, fragte er.

»Zur *Valkyrie*«, sagte ich. Meine Stimme war etwas angerostet.

»Und du?«

»*Katta*.«

»*Katta*?«

Jetzt grinste er wieder und schubste den Rucksack auf seinem Rücken mit der Schulter etwas weiter hoch.

»Das hättest du nicht gedacht, was?«

»Doch, klar, ich hab nur ...«

Im selben Augenblick kam der 37er-Bus. Er begann, ihm entgegenzulaufen.

Noch einmal drehte er sich um und lief ein paar Schritte rückwärts. Dabei lächelte er, ganz ohne Ironie.
»Alles gut. Ich verstehe das doch. Wir sehen uns!«
Dann war er weg.
Ich blieb zurück. Ich war so ein Trampel! Warum musste ich ihn nach dem *Katta* fragen? Nur weil er Migrant war und aufs *Katta* ging, eine der angesehensten und ältesten Schulen des Landes? Beziehungsweise – seine Eltern waren Migranten. Und er wohnte in Stovner und konnte super Hiphop tanzen. Natürlich ging er aufs *Katta*! Es musste ja so aussehen, als sei ich voller Vorurteile. Auf einmal kam rumpelnd die Straßenbahn. Sie fuhr auf meiner Höhe und dann an mir vorbei. Ich begann zu laufen, war aber nicht schnell genug.

Tritt zurück

Ich verpasste die Straßenbahn und kam zu spät zum Unterricht. *Der* perfekte Start in den Tag. Denn gab es etwas, was Birgitta hasste, dann war es genau das.

»Präzision«, hatte sie am ersten Schultag gesagt. »Präzision – die erwarte ich von euch. Und zwar in allen Bereichen des Lebens. Natürlich Präzision beim Tanzen. Durchdachte Bewegungen, kontrollierter Atem, die präzise Einteilung von Energie. Aber auch Präzision, wenn ihr schlaft. Nicht zu viel, nicht zu wenig. Mindestens sieben Stunden, höchstens acht. Und beim Essen: Achtet auf eine ausgewogene Ernährung, Kohlehydrate, Fett, Ballaststoffe.

Präzision gilt auch für die restliche Zeit: Erledigt die anderen Hausaufgaben, aber lasst nicht zu, dass sie überhandnehmen. Schaut euch einen Film an, aber vergesst euch dabei nicht. Und Präzision beinhaltet noch etwas: Sie beinhaltet Pünktlichkeit. In meinen Stunden dulde ich absolut kein – absolut KEIN! – Zuspätkommen.«

Sie hatte Charlotte schon damit gedroht, den Kurs nicht zu benoten, weil diese so häufig in der allerletzten Minute kam. An diesem Tag traf es jedoch mich. Zum ersten Mal. Ich hetzte gerade durch die Tür, als sie anfangen wollte.

»Entschuldigung. Es lag an der Bahn«, sagte ich.

Was an und für sich ja durchaus eine Version der Wahrheit war. Nur, dass es sich hierbei nicht um die Holmenkollen-Bahn, son-

dern um eine andere Straßenbahn handelte, und dass diese nicht zu spät gekommen war, sondern ich sie verpasst hatte.
Ich registrierte, dass Ida mir einen forschenden Blick zuwarf. Auch Charlotte starrte mich an. Wusste sie etwas? Was, wenn Ida doch alles erzählt hatte? Aber das hatte sie bestimmt nicht – ich konnte mich immer auf sie verlassen. Oder?
Birgitta klatschte laut in die Hände.
»Stellt euch auf, Mädchen. Wir fangen an. Fünf, sechs, sieben, acht.«
Wir begannen mit der Choreografie, an der wir die letzten Tage gearbeitet hatten. Birgitta war ganz offensichtlich nicht zufrieden.
Nun ging sie die Reihen entlang und korrigierte uns. Zog an einem Fuß, korrigierte einen Arm. Legte eine Hand unter ein Kinn und zwang einen Kopf noch weiter nach oben, damit die Linie perfekt war.
Wir kamen zu meiner Solopartie. Ich trat vor und sprang ab. Aber mein Körper funktionierte nicht – noch bevor ich richtig losgelegt hatte, stolperte ich.
»Entschuldigung.«
»Zurück und noch mal!«, kommandierte Birgitta.
Ich versuchte es erneut. Aber ich merkte, dass es nicht ging. Die Matratze saß mir noch im Kreuz, das vergammelte Schaumgummi war ein Teil von mir geworden. Ich war steif. Nichts klappte, alles war schlapp. Fehler.
Jäh wurde die Musik unterbrochen. Birgitta stand da mit der Fernbedienung in der Hand.
»Aber das sind doch absolute Grundtechniken! Was treibst du denn da?!«
»Ich weiß nicht. Sorry ...«

Doch Birgitta ignorierte mich. Sie ließ ihren Blick durch den Saal schweifen. Über die anderen Mädchen. Und ich wusste, was kommen würde. Ich hatte miterlebt, wie es anderen bei solchen Gelegenheiten ergangen war. Aber nie mir. Nie zuvor hatte es mich getroffen.
Ihr Blick stoppte.
»Charlotte. Du übernimmst die Solopartie.« Sie wandte sich wieder zu mir. Aber sah mich nicht wirklich an. »Amelie: Tritt zurück.« Sie sagte es nicht, aber ich konnte sehen, dass sie es dachte: *Da gehörst du wohl auch hin.*
Ich erhaschte einen flüchtigen Blick auf Charlotte, als sie an mir vorüberging, auf dem Weg in die erste Reihe. Sie machte sich gerade und schob ihren Busen vor. Und obwohl ihr Mund nicht lächelte, sah ich, dass ihre Augen leuchteten.

»Alles in Ordnung?«, fragte mich Ida nach der Stunde.
Wir saßen für uns in der Umkleide.
»Ganz okay.«
»Hat sich alles geregelt?«
»Auf eine Weise ja.«
»Und wie?«
»Es hat sich geregelt. Okay?«
Ich steckte die Nase tief in meine Tasche und tat so, als suchte ich nach etwas. Sie wusste bereits zu viel, aber zum Glück war sie klug – oder lieb – genug, nicht auf dem Thema herumzureiten.
Den Rest des Vormittags blieb ich drinnen. Axel schickte mir eine SMS und fragte, wo ich abblieb, aber ich antwortete nicht. Nach der großen Pause hatten Ida und ich eine Freistunde. Sie hatte nicht mehr nachgefragt oder herumgenervt, deshalb

schleppte ich sie mit in die Bibliothek. Dorthin kam Axel selten, Charlotte nie, und wir konnten in Ruhe sitzen und für die Norwegisch-Arbeit lernen.

»Geboren?« Sie hatte das Norwegisch-Buch vor sich liegen und hörte mich ab.

»Äh – 1817?«

Ida seufzte. Das waren für sie absolute Grundkenntnisse. Sie beherrschte das Pensum längst von vorn bis hinten.

»Im letzten Jahr war das 200. Jubiläum«, sagte sie mit Lehrerstimme.

»Ah. 1813.«

»Aufgewachsen in ...?«, fuhr sie fort.

»Wie heißt das noch ... Volda? Nein ...«

»Ørsta. Ø R S T A.«

»Genau. Es lag mir auf der Zunge. Ich wusste, dass es auf a endete.«

»Und wo ist das?«

»Ørsta?«

»Nein, Volda. Mensch! Ørsta, du Versagerin.«

»Ähm ... Irgendwo an der Westküste?«

In diesem Moment ging die Tür auf, und es kam jemand herein. Ich tauchte tief ins Schreibheft ab. Es war Axel.

Aber Ida hatte ihn entdeckt. Sie lächelte und winkte ihm zu.

Er kam zu uns. Frisch geduscht nach dem Sportunterricht. Seine Haare waren feucht, und er roch nach Shampoo, Haarspülung und schwach nach Rasierwasser. Aus irgendeinem Grund wurde mir übel. Axel umgaben häufig zu viele Chemikalien, zu viele künstliche Düfte. Irgendwo tief unter dieser Schicht war sein eigener Geruch zu finden. Aber wie dieser Geruch wirklich war, hätte ich nicht sagen können.

»Hier hast du dich also versteckt.« Er beugte sich zu mir herunter und gab mir einen Kuss auf den Mund. Als unsere Lippen sich trafen, wurden meine trocken und schmal. Sein Blick fiel auf die Norwegisch-Bücher.
»Ach, Ivar Aasen – unser verehrter Sprachforscher und Neunorwegisch-Begründer! Sollte ich eifersüchtig sein?«
Ida lachte. Sie lachte immer über Axels mehr oder weniger guten Witze. Sie war die Einzige.
»Wir schreiben eine Arbeit«, sagte ich und guckte ins Buch, als hätte ich wahnsinnig viel zu tun.
Es wurde still. Ich spürte seinen Blick auf mir.
»Ist irgendwas?«
»Ja. Wie gesagt. Die Norwegisch-Arbeit.«
Ich hörte seinen Seufzer, sah aber nicht auf.
»Okay. Wir sehen uns.« Seine Schritte verschwanden Richtung Tür. Endlich hob ich meinen Blick. Ich sah gerade noch, wie Ida ihm entschuldigend zulächelte und die Schultern hochzog, als wollte sie sagen: »Mach dir nichts daraus.«
Dann war er weg.
Ida drehte sich zu mir. »Du hast ihm gar nichts erzählt, oder?«

Am Arsch der Welt

Der Fernseher war das Erste, was ich hörte, als ich nachmittags die Wohnungstür aufschloss. Ich war so lange wie möglich in der Schule geblieben und hatte eine extra Trainingseinheit absolviert, nachdem die anderen gegangen waren. Auf diese Weise bekam niemand mit, dass ich nicht in die Linie 1 nach Holmenkollen einstieg, sondern mich in Majorstuen zur gegenüberliegenden Haltestelle begab und auf die Linie 5 wartete, Richtung Osten.
Es gab noch einen weiteren Grund, warum ich es so lange wie möglich hinauszögerte, nach Hause zu fahren. Papa.
Papa und ich hatten nie besonders viel miteinander gestritten. Ich hatte mich nie über ihn aufgeregt, war nie davon genervt gewesen, wie er seinen Kaffee trank, wie er sprach oder wie er sich kleidete, so, wie es meinen anderen Freundinnen mit ihren Vätern ging. Wenn Papa auf Schulabschlussfesten auftauchte oder zu Hause den Kopf in die Küchentür steckte, um die Mädchen zu begrüßen, da hatte sein Anblick immer ein kleines Licht in mir entzündet. *Mein Papa.*
Im Großen und Ganzen gab es nur uns zwei. Vielleicht war das der Grund, weshalb wir uns nie stritten. Ich hatte eine Heidenangst davor zu streiten, denn dann bestand die ganze Welt aus zerbrechlichem Glas. Papa sollte froh sein. Wenn er traurig oder wütend war, tat ich alles, um ihn aufzuheitern. Und er tat das Gleiche für mich.

Papas Eltern, Oma und Opa, wohnten in Dovre, fünf Stunden mit dem Auto entfernt. In den Winterferien pflegten wir sie für einen Tag zu besuchen – von Hafjell aus, wo wir zum Skifahren waren, war es ja kürzer. Aber sie waren alt, sprachen langsam und waren einfach sehr anders.
Die Eltern meiner Mutter bewohnten ein Reihenhaus in einem Osloer Vorort. Es war nur eine kurze Autofahrt entfernt, aber ich sah sie trotzdem selten. Ein Mittagessen bei ihnen war eine Übung in gutem Benehmen. Es gab polierte Fischmesser, angewärmte, teure Porzellanteller, Saucieren und Schüsseln. Oma hatte ihr ganzes Erwachsenenleben damit zugebracht, Dinge zu sammeln, und nahm es sehr genau damit, dass all diese Dinge korrekt benutzt wurden. Jedes Mal, wenn Papa und ich den Ort des Geschehens verließen, waren wir erschöpft. Aber Papa fuhr jetzt ohnedies nicht mehr dorthin. Nicht, nachdem das alles mit Mama passiert war. Und ich war nur zweimal alleine dort gewesen. Ohne Papa war die dunkle Stube mit dem Kronleuchter, dem überdimensionierten Ledersofa und den Gemälden, die in Wirklichkeit nur Drucke waren, unerträglich still.
Ich hatte oft gedacht, dass ich außer Papa eigentlich keine weitere Familie brauchte. Bis jetzt.
Extreme makeover USA. Ich erkannte die Musik bereits, bevor ich ins Wohnzimmer kam. Er hatte sich nicht angezogen, sondern trug immer noch den Morgenmantel vom Grand. Er saß aufrecht auf dem Sofa. Die Arme hingen an beiden Seiten schlaff herunter.
Er sah auf, als ich hereinkam, versuchte zu lächeln, während er die Frage stellte, die er immer stellte – an jedem einzelnen Abend nach Schule und Arbeit, als ob sich nichts geändert hätte.
»Hei. Wie war dein Tag?«

Ich brachte es nicht fertig zu antworten, ich schaffte es nicht und wusste, dass die Antwort verletzend und zornig ausfallen würde.

Was dachte er? Sollte ich mich zu ihm setzen? Das Vorabendprogramm angucken? Nach *Extreme makeover* kam bestimmt *Top Model, Masterchef* und *Supersize versus Superskinny*. Programme, die Papa nie zuvor in seinem Leben gesehen und durch die ich mich allenfalls hindurchgezappt hatte. Titel, die wir uns gegenseitig laut aus der Zeitung vorlasen und über die wir uns lustig machten. Wer in aller Welt guckte sich so etwas an?

Ich ging in die Küche, nahm ein billiges Saftglas aus dem Schrank und drehte den Wasserhahn auf. Ich hielt einen Finger unter das Wasser. Es war lau. Ich musste es lange laufen lassen, bevor es sich annähernd kalt anfühlte.

Ich öffnete den Kühlschrank. Eine Tube Schmelzkäse, Leberwurst, ein paar abgepackte Scheiben Schnittkäse. Normalerweise kauften wir Aufschnitt an der Frischwursttheke, Käse am Stück und viel Obst. Ich schloss die Kühlschranktür und stellte mich in die Türöffnung zum Wohnzimmer. Papa war vom Fernsehprogramm völlig gefesselt.

Das Team von *Extreme makeover* war bereit und sollte den Bus wegfahren, damit die Familie, die sowohl drei Hunde als auch zwei behinderte Kinder hatte, endlich ihr neues Heim sehen konnte. Das laute Gekreische des Publikums deutete darauf hin, dass man etwas Großartiges erwarten konnte. Vielleicht konnte das Team auch uns ein neues Haus beschaffen?

Meine Arme und Beine kribbelten. Es war erst halb fünf. Sollte ich den Rest des Tages hier drinnen verbringen? Zuerst die Hausaufgaben machen und danach stundenlang sinnlose TV-Programme glotzen?

Da fiel mein Blick auf den Müllbeutel, der an einem Knauf am Küchenschrank hing. Der Karton einer Tiefkühlpizza ragte heraus. Der Beutel war nicht gerade übervoll, aber voll genug. Ich knotete ihn zusammen und ging nach draußen.

Der Müllcontainer stank in der Wärme. Ich warf den Beutel in die Tonne und schlug den Deckel zu. Dann drehte ich mich um und blieb stehen. Ich schaute nur. Das war also mein neues Zuhause. Stovner. Ein von Gott vergessener Ort. Oder nein. Nicht nur vergessen – Gott hatte nie auch nur gewusst, dass dieser Ort existierte. Dies hier war der Arsch der Welt – mit der Betonung auf Arsch.
Unzählige stufenförmige Wohnblocks ragten über mir empor. Beton, wohin man nur sah, mehr Türen, Fenster, Wohnungen, als ich zählen konnte. Aus einem Fenster schlug mir pakistanische oder indische Musik entgegen. Etwas weiter unten auf der Straße spielten vier Jungen Fußball. Sie schrien einander in einer Mischung aus Persisch, oder vielleicht Urdu und Norwegisch an. Es schrillte in den Ohren. Eine Frau mit prall gefülltem Einkaufsnetz und einem verrotzten Kind im Kinderwagen schwankte an mir vorüber. Ich starrte auf den Asphalt.
Ich wollte zurück, einfach nur verschwinden, und bewegte mich rasch zur Eingangstür. Aber dann blieb ich stehen. Denn Hineingehen nützte nichts, wenn ich verschwinden wollte. Die schmierige Zwei-Zimmer-Wohnung gehörte ebenso zu Stovner wie die Umgebung hier draußen. Nur war es dort noch stickiger.
Ich begann zu gehen. Ich wusste nicht, wohin, die Füße bewegten sich ganz von allein, einer vor dem anderen, weg von der Wohnung und Papas deprimierendem Schweigen. Ich ging am Block vorbei und gelangte auf einen größeren Platz. Hier sah

es genauso aus. Terrassenartig angelegte Wohnblocks, Wäsche, Graffitis. Ich lief trotzdem weiter.

Dann vernahm ich ein sonderbares Geräusch, das nicht hierherpasste. Zu einem Gutshof hätte es vielleicht gepasst, am nordwestlichen Rand Oslos. Aber nicht hierher. Ich hatte es schon Hunderte Male zuvor gehört. Als das Tanzen noch nicht mein ganzes Leben in Anspruch nahm und ich Zeit für andere Hobbys hatte, war ich nämlich zur Reitschule gegangen. An zwei Nachmittagen in der Woche zog ich damals eine wattierte Jacke und beigefarbene Reithosen an, setzte einen Helm auf, schaufelte Mist und bürstete Mähnen. Das Geräusch, das ich jetzt hörte, war untrennbar mit dieser schönen Zeit verbunden. Es war das Geräusch von Hufen auf Asphalt, von einem Pferd, das im Schritt lief.

Präzision

Es näherte sich, bog um die Ecke und kam auf mich zu. Es war ein helles Fjordpferd, das sich trottend vorwärtsbewegte. Die Reiterin war ein ungefähr zehnjähriges Mädchen – blond und blauäugig, mit knallroten Wangen und einem grünen Sommerkleid. Sie wirkte sicher und hatte das Pferd vollkommen im Griff.
Erst jetzt erkannte ich sie wieder. Sie war eines der coolen Kinder, die heute Morgen vor dem Wohnblock getanzt hatten. Da hatte sie eine Cap getragen und Jeans angehabt. Jetzt, im Kleid, war sie eine ganz andere: eine kleine Prinzessin, die direkt aus dem Märchen heraus- und in diese Trabantenhölle hineingeritten war.
Sie hob ihre Hand und winkte mir zu. Offenbar erinnerte sie sich an mich, was aber vielleicht nicht so merkwürdig war – ich verschmolz ja nicht gerade mit dieser Umgebung, um es mal so auszudrücken. Mit einem Lächeln verschwand das Mädchen mit dem Pferd auf einem Fußweg zwischen zwei Blocks. Ich folgte ihr.
Es war dunkel zwischen den Häuserwänden, und ein intensiver Geruch nach Curry strömte aus einem der Fenster. Ich erwartete weitere Wohnblocks, aber als ich auf der anderen Seite herauskam, war ich plötzlich an einem völlig anderen Ort, in einer völlig anderen Welt.
Die Mauern der Häuser blieben hinter mir. Direkt vor mir, voll-

kommen fehl am Platz, stand ein Bauernhof. Ein rotes Wohnhaus, ein Traktor, der im Sonnenlicht glänzte, eine Scheune. Vor dem Hofplatz lag eine Wiese, die von einem alten Holzzaun umgeben war und auf der gelbe und weiße Sommerblumen blühten. Hier standen mehrere Pferde und grasten.
Das Mädchen ritt auf den Hof zu, passierte die Scheune und erreichte im Schritt den Hofplatz. Schließlich verschwand sie hinter einer Hausecke. Ich selbst ging langsam auf den Zaun zu. Eines der Pferde stand nah genug, sodass ich heranreichte. Ich spürte die Wärme des großen Tieres. Vertraut und unerwartet. Ich streckte meine Hand nach ihm aus und streichelte es.
»Wie hast du dich denn bloß hierherverirrt, hm?«
Zur Antwort fraß das Pferd weiter.
Es war beruhigend, die Hand am glatten Fell hintergleiten zu lassen. Das Pferd kümmerte sich nicht um mich. Mit dem Schweif scheuchte es eine Fliege weg und sah mit seinen großen braunen Augen ins Nichts. Der Kiefer bewegte sich lautlos von einer Seite zur anderen, und in seinem Maul verschwanden ein paar Grashalme. Es stand mitten in seinem Fressnapf und in der Sommersonne und war ganz offensichtlich sehr zufrieden mit dem Leben. Hätte ich es nur auch so haben können.
Ein Geräusch ließ mich innehalten. Es kam von einem Haus, das etwas weiter unten an der Straße, rechter Hand vom Hof lag. Ein Versammlungslokal aus braunem Ziegelstein, typisch 1970er-Jahre. Es dünstete den Geruch von Festen, von Eintopf und Konfirmationen aus. Eines der Fenster stand offen, und ich hörte Musik. Aber die Töne, die an mein Ohr drangen, stammten weder von einer Tanzband noch von Abba. Ein Kontrabass, ein Saxofon, ein paar unglaublich fesselnde Rhythmen, und darüber – ein Rap.

Let's trace the hints and check the file
Let's see who bit to detect the style
I flip the script so they can't get foul
At least not now, it'll take a while

Ich streichelte dem Pferd ein letztes Mal über das Maul, bevor ich zu dem offenen Fenster ging, aus dem die Rhythmen wummerten. Ich duckte meinen Kopf, um mich zu verstecken. Dann spähte ich vorsichtig hinein.

I change the pace to complete the beat
I drop the bass, 'till mc's get weak.
For every word they trace, it's a scar they keep ...
'Cause when I speak, they freak
To sweat the technique

Das Erste, was ich sah, waren Füße. Rasche Schritte in Adidas. Darüber: Blue Jeans, Unterhemd und darunter schweißnasse, goldfarbene Haut. Es war der Junge aus der U-Bahn. Mikael. Er war allein in einem großen, leeren Raum. Ein Tanzsaal – die eine Wand bestand gänzlich aus einem Spiegel.
Er tanzte mit geschlossenen Augen. Ich blieb am Fenster stehen und sah ihm zu. Der Raum war zur Hälfte in den Hang hineingebaut – falls er seine Augen öffnete, musste er sowohl den Kopf als auch den Blick heben, um mich hier oben zu entdecken.
Ich hätte einfach gehen sollen. Aber irgendetwas hielt mich zurück. *Er* hielt mich zurück. Oder nein: sein Tanzen.
Er tanzte Hiphop – mit seinem ganzen Körper. Ich hatte noch nie zuvor jemanden gesehen, der sich so präzise bewegte. Kein einziger Schritt war falsch. Selbst wenn er improvisierte, war er

nie unsicher. Er zögerte nicht, alle Übergänge waren unmerklich, fließend, er stockte nie. Und dann war da noch etwas. Sein Gesicht. Die geschlossenen Augen. Der halb geöffnete Mund. Die Augenbraue, die sich nach oben zog, wenn er seine Arme hob, die Lippen, die sich schlossen, wenn er auf dem Boden aufkam. Er bestand nur aus Tanz. Er ging völlig in der Musik auf. Alles hing zusammen.
Dann veränderte sich die Musik, ein Übergang. Jäh hielt er inne. Seine Augen öffneten sich. Der Körper fiel wieder in einen entspannten Modus zurück, es war, als würde ein Puppenspieler die Fäden loslassen und ihn allein auf der Bühne zurücklassen. Sein Blick glitt über die Wände. Suchte er etwas? Aus Angst, gesehen zu werden, duckte ich mich kurz. Aber er hob den Kopf nicht. Er starrte nur vor sich hin und zögerte. Plötzlich verstand ich, dass er nicht mit dem Blick suchte, sondern mit dem Gehör. Er lauschte auf etwas in der Musik. Und *dort* musste er es wohl auch gefunden haben. Denn nun begann er wieder zu tanzen. Aber jetzt war es anders. Er hatte den Stil gewechselt. Er versuchte sich an Schritten aus dem Jazztanz und Modern Dance.
Seine Körpersprache war jetzt nicht mehr so sicher. Er machte Fehler, verlor fast das Gleichgewicht. Aber dann richtete er sich auf, fand etwas in sich wieder, und sofort war er zurück in der Spur. Und während die Musik ihn mitnahm, breitete sich in seinem Gesicht ein Lächeln aus.
Mein Puls ging schneller, meine Handinnenflächen schwitzten. Ich konnte meine Augen nicht von ihm abwenden. Ich hätte schon vor langer Zeit gehen sollen, aber meine Füße schienen am Asphalt festgeklebt, ich war wie gefangen – gefangen in einer starren Pose.

Ich ertappte mich dabei, wie ich mit ihm lächelte. Ich konnte seine Anstrengung so gut nachfühlen, seine Zufriedenheit, wenn es geklappt hatte. Ich wusste genau, wie dieser Sturz die Kreuzbänder strapazierte, wie diese Streckung dem Rücken extra viel abverlangte, wie dieser Sprung die Beine zum Zittern bringen konnte.

Und dann die Wärme, die den Körper durchflutete, wenn es klappte. Das Blut, das heiß und rasend schnell von den Zehen und durch den Bauch bis hin zum Herzen strömte. Und weiter zum Gehirn, das federleicht wurde – kein Platz für auch nur einen Gedanken. *Das* war besser als alles andere. Und es war viel zu lange her, dass ich es erlebt hatte.

Dann geschah etwas. Er sprang ab und versuchte sich an einer Pirouette. Aber er machte den Fehler Nummer eins: Er hielt seinen Blick nicht auf einen Punkt gerichtet. Die unsichtbaren Fäden, die ihn aufrecht hielten und sein Tanzen steuerten, lösten sich. Auf der Suche nach dem Gleichgewicht begannen die Arme zu rudern. Schließlich strauchelte er.

Er blieb auf dem Boden sitzen. Der Atem ging schwer, die Augen waren geschlossen. Vielleicht war er wütend auf sich.

So saß er eine Weile und machte keine Anstalten, sich zu bewegen oder die Augen zu öffnen. Aber dann, plötzlich, legte er seinen Kopf nach hinten und schaute mich direkt an. Ich hatte keine Chance mehr, mich zu verstecken.

Krieg

»Hei!«
»Hei.«
»Siehst du etwas, was dir gefällt?« Jetzt grinste er.
»Du musst deinen Blick auf einen Punkt heften«, antwortete ich schnell.
»Häh?« Sein Grinsen verschwand.
»Du musst fokussieren. Wenn du eine Pirouette drehst.«
Er nickte und sah mich nur an – wie mit ganz neuen Augen.
»Tanzt du?«
Ich nickte.
Er dachte nach. Dann hatte er offensichtlich eine Idee, denn er stand auf, kam zum Fenster herüber, zog einen Stuhl heran und stellte ihn darunter. Schließlich streckte er seine Hand nach mir aus. Ich blieb stehen. Wollte er, dass ich hineinkam?
»Zeigst du's mir?«
Ich war immer noch wie festgenagelt, vielleicht stand sogar mein Mund halb offen. Es musste total idiotisch aussehen.
Als ich nicht antwortete, verdrehte er die Augen, wandte mir den Rücken zu, ging zur Anlage hinüber und wechselte zu einem anderen Song. Bald wummerten harte Breakbeats durch den Raum. Ohne mich anzusehen oder noch etwas zu sagen, begann er wieder zu tanzen. Und dieses Mal war der B-Boy zurück. Die Bewegungen waren immer noch präzise, aber ihm fehlte die Einfühlung von vorher. Jetzt wirkte er mehr wie eine

Maschine. Zuerst tanzte er mit dem Rücken zu mir. Blitzschnelle Beinarbeit. Einige beeindruckende Powermoves, die eine enorm große physische Kraft erforderten. Wie hießen sie? *Windmill? Airflaire?* Ich ertappte mich bei dem Gedanken, dass er diese Moves ausgesucht hatte, weil er genau wusste, dass für meinen schmalen Ballettkörper solche Schritte und Figuren kaum zu meistern waren.

Plötzlich drehte er sich um und starrte mich an. Die braunen Augen wurden schmal, die Lippen ebenso. Lächelte er? Nein, das war kein Lächeln. Das war eine Herausforderung.

Ich presste die Lippen fest aufeinander. Schluckte und spürte, wie trocken meine Zunge war. Er wollte bestimmt nur, dass ich ging, dass ich mich nicht traute zu zeigen, was ich konnte. Dann würde er gewinnen. Aber nein, so einfach wollte ich es ihm nicht machen. Ich zog mich am Fenster hoch, bemerkte, wie meine Hände zitterten, ignorierte es aber. Ich setzte die Füße auf den Stuhl und sprang hinunter auf den Linoleumfußboden.

Dann tanzte ich eine Pirouette. Eine Pirouette wie aus dem Lehrbuch.

Er hörte auf zu tanzen. Nun war es sein Mund, der halb offen stand.

»Wow.«

»Ja. Wow«, sagte ich. Und versuchte mich an einem ironischen Grinsen, um es ihm gleichzutun.

»Wo hast du das gelernt?«, fragte er.

»In der Schule.«

»Ah.« Er überlegte kurz. »Du besuchst die Tanzklasse? An der *Valkyrie*?«

»Du bist ganz schön clever«, sagte ich. »Das hättest du nicht gedacht, was?«

Er grinste, als ich genau seine Worte verwendete.
»Doch. Eigentlich schon.« Er maß mich mit seinem Blick, von den Zehen bis zu den Haarspitzen. »Du hast einen Tanzkörper.« Irritiert stellte ich fest, dass mir das Blut in die Wangen stieg. Wieder zog er die eine Augenbraue hoch – als hätte er einen Riesenspaß. Dann stürzte er sich in eine weitere durch und durch perfektionierte *Windmill*.
Ach so – dann war es das, was er wollte. Krieg.
Ich stellte mich in Position, zählte vor. Meine Choreografie war nicht gerade für diese Musik ausgelegt, aber egal.
Als ich anfing zu tanzen, sah er überrascht aus. Er brach ab und zog sich zurück, während ich den Raum einnahm. Ich hielt den Hals gerade, streckte den Rücken durch. Und dann stürzte ich mich hinein. Vertraute Schmerzen jagten durch meinen Körper, ich hatte immer noch Muskelkater nach dem nächtlichen Training.
Ohne Anstrengung bewältigte ich den Übergang von der Pirouette zum Sprung und in den weichen Fall, spürte, dass jeder Muskel im Körper angespannt war. Hätte ich es in der Schule so hinbekommen – Birgitta hätte garantiert nichts zu klagen gehabt.
Dann begann ich mit der Wiederholung. Als hätte er genau darauf gewartet, fing er an, mich zu imitieren. Mit einem ironischen halben Lächeln sah er zu, was ich machte, und wiederholte es. Zum Glück bekam er es nicht gleich beim ersten Mal hin. Es gelang ihm nicht, die nötige Körperspannung aufzubauen – seine Haltung war eher relaxed. Und natürlich war auch die Koordination für ihn viel zu schwierig.
Trotzdem – ich hatte ihn vorher ja gesehen: Die einfacheren Schritte aus dem Jazztanz beherrschte er ganz offensichtlich

schon, und seine Haltung verlieh dem Tanz eine Coolness, von der ich nur träumen konnte.
Aber dann verlor er plötzlich die Kontrolle über seine Füße. Er stolperte und fiel hin.
Ich lächelte in mich hinein. Er sah es, richtete sich mit entschlossenem Blick auf und stürzte sich wieder hinein. Der Schweiß perlte auf seiner Stirn, das Grinsen verschwand, er war jetzt hochkonzentriert. Ich ging noch einmal in die Wiederholung, und jetzt klappte es besser. Er war präziser, vermied zusätzliche Schritte, meisterte die Übergänge. Er lernte wirklich extrem schnell.
Plötzlich erhaschte ich ein flüchtiges Bild von uns im Spiegel. Er umrahmte uns – als stünden wir auf einer Bühne. Wir waren ungefähr gleich groß. Überrascht stellte ich fest, dass wir von Weitem gesehen sogar gleich gekleidet waren: Ich trug ebenfalls ein weißes Oberteil und blaue Jeans.
Sein Blick begegnete meinem im Spiegel und hielt ihn fest. Völlig ernst. Und unsere Bewegungen waren absolut synchron. Ich war sowieso schon außer Atem, aber nun musste ich ein weiteres Mal tief Luft holen. Seine Augen waren so offen, so groß und dunkel. Und er hielt meinem Blick viel zu lange stand.
»Shit, wir haben uns bestimmt verlaufen.«
Wir drehten uns gleichzeitig um. Im Türrahmen standen drei Jungen. Hatten sie da schon länger herumgegangen? Der vorderste grinste mich unverschämt an. Er war größer als die beiden anderen, dunkel und athletisch, durch und durch Gangster.
»Wir hatten nämlich vor zu trainieren. Zusammen mit unserem letzten Crewmitglied. Mikael heißt er. Hast du ihn vielleicht irgendwo gesehen?«
Mikael hatte sich von seiner Überraschung erholt. Er streckte seinen Arm nach mir aus.

»Das hier ist …« Er hielt inne. Er kannte ja meinen Namen nicht.
»Amelie«, sagte ich.
»Bringst du dem B-Boy Ballett bei?«, fragte der Gangster. »Damit er zu einer *Audition* fahren kann?« Er sprach den englischen Begriff fürs Vortanzen betont langgezogen aus, in einem manierierten, gekünstelten Tonfall.
Ich antwortete nicht.
»Entspann dich. Wir haben nur trainiert«, sagte Mikael.
Der Junge machte ein paar alberne Schritte zur Musik. Mikael beeilte sich, sie auszumachen.
Ich hob meine Schuhe vom Boden auf und ging zum Fenster. Es gab absolut keinen Grund, noch länger zu bleiben.
Ich kletterte auf den Stuhl und wollte aus dem Fenster springen.
»Du weißt schon, dass es eine Tür gibt?«, fragte der Gangster.
Er zeigte darauf. Ich drehte mich um und begriff, dass es wahrscheinlich ziemlich idiotisch aussah, den Raum durch das Fenster zu verlassen. Ohne etwas zu sagen, sprang ich wieder vom Stuhl herunter und ging zur Tür. Ich versuchte, den Kopf hochzuhalten und niemanden anzusehen.
Mikael kam zu mir. »Du kannst gerne bleiben. Hier dürfen alle tanzen.«
Im selben Moment stellte der eine seiner Gangster-Freunde Musik an. Harter Hiphop. Sehr häufige Wiederholungen der Begriffe *bitch*, *motherfucker* und *fuck*. Vorsichtig ausgedrückt: nicht ganz meins.
»Nach dieser Musik?«, fragte ich.
Mikael sah mich an und nickte hoffnungsvoll. Seine Augen waren weit geöffnet. Ich schüttelte bloß den Kopf.
»As if.«
Dann drehte ich mich um und ging.

Auf dem Weg nach draußen stieß ich fast mit zwei Mädchen zusammen, die etwas älter aussahen als ich. Beide trugen jungenhafte T-Shirts, Loose-fit-Jeans und Sneakers. Unter den Schirmen ihrer Caps warfen sie mir argwöhnische Blicke zu. Außerhalb von Oslo City wäre ich ihnen nicht gerne allein begegnet – um es mal so zu sagen. Ich bemerkte, dass die eine, ein großes blondes Mädchen, mir hinterherguckte.
»Du meine Güte. Wer war das denn?«, sagte sie.
Wie Mikael mich den anderen vorzustellen gedachte, konnte ich nicht mehr hören. Ich hatte sowieso nicht vor, irgendjemanden von ihnen noch einmal zu treffen.

Zweitausend

Ich traf mich mit Ida bei der Haltestelle Majorstuen. Es war Samstag, und wir wollten, wie so oft, in die Einkaufsmeile am Bogstad-Weg. Ich hatte Ida gefragt, ob sie etwas früher kommen könnte als die anderen. Ich müsste sie um einen Gefallen bitten.
Sie saß auf den Treppenstufen, als ich kam. Zu früh, wie immer. Egal, wie früh man Ida bat zu kommen – sie war noch früher da. Sie hörte sich etwas im Handy an, irgendetwas, das die Straßenbahnen, Autos und Busse an der Majorstu-Kreuzung übertönte. Es musste ziemlich laut sein, denn sie bemerkte mich nicht, bevor ich mich neben sie auf die Treppe setzte.
»Hei.«
»Ah. Hei.«
Sie nahm die Ohrstöpsel heraus und lächelte mich vorsichtig an. Wir plauderten ein paar Minuten über nichts. Sie hatte nicht mehr gefragt, wie es mir ging, aber ich spürte ihren Blick. Ihre Augen waren zwei große Fragezeichen, sie wollte bestimmt, dass ich ihr alles erzählte – von *mir* aus erzählte, ohne dass sie fragen musste. Aber ich schaffte es einfach nicht. Je weniger ich von Stovner und dem Konkurs erzählte, desto weniger wahr wurde es. Und solange keiner der anderen etwas wusste und solange Ida so wenig wie möglich wusste, konnte ich die bleiben, die ich war.
Abgesehen von einer Sache. Abgesehen von einem nicht ganz unbedeutenden Problem. Ich brauchte Geld.

Schließlich konnte ich mich nicht mehr drumherum drücken.
»Du«, sagte ich und lachte dabei. »In letzter Zeit ist es bei uns zu Hause ja ein *bisschen* knapper geworden.« Ich zog eine scherzhafte Grimasse, als sei das eigentlich nur ein Spaß. »Könnte ich mir von dir Geld leihen?«
Ida wurde ernst. In diesem Moment teilte sie meinen Sinn für Humor nicht. Wahrscheinlich sah sie direkt in mich hinein und erkannte, dass das Lächeln eigentlich nur aufgeklebt war. Sie zögerte.
»An wie viel hattest du gedacht?«
»Ich brauche neue Tanzschuhe. Und Papa ... Na ja. Du weißt schon ...«
Ida nickte und verstand. Sie überlegte.
»Ich glaube nicht. Ich muss in einer Woche den Sommerkurs bezahlen«, sagte sie schließlich.
Ida war die Einzige in meinem Bekanntenkreis, die für ihre Einkünfte und Ausgaben selbst verantwortlich war. Ihre Mutter war streng wie die Chefin eines Klosters. Wenn Ida etwas unternehmen wollte, musste sie dafür arbeiten und sparen, obwohl ihre Eltern so viel Geld hatten, dass sie ihren Tennisplatz mit Tausend-Kronen-Scheinen hätten pflastern können. Und in diesem Sommer wollte sie nach London. Vier Wochen lang intensives Tanztraining auf einer der anerkanntesten Schulen Englands. Sie hoffte, der Sommerkurs würde sie retten und sie auf dasselbe Niveau heben wie Charlotte und mich.
Flehend blickte ich sie an. »Nur für ein paar Tage.«
Die Wahrheit war, dass ich nicht wusste, wen ich sonst hätte fragen können. Es handelte sich nicht nur um die Tanzschuhe. Es schien, als sei Papas Brieftasche leer. Ich hatte nicht einmal mehr Geld für ein Mittagessen.

»Wann habt ihr denn wieder Geld?«
»Bald. Garantiert innerhalb einer Woche«, sagte ich und bekam einen sauren Geschmack im Mund.
»Bist du sicher?«
Ich nickte überzeugt und versuchte, vertrauenerweckend auszusehen.
»Na, okay.«
Sie sagte es, ohne zu lächeln, und biss sich auf die Lippen, während sie das Handy in die Hand nahm. Dann öffnete sie eine App, um das Geld zu überweisen.
»Wie ist die Kontonummer?«
Ich leierte die elf Ziffern herunter. Sie drückte auf die Tasten.
»Sind zweitausend genug?«
»Ja. Danke«, sagte ich leise. Meine Stimmbänder verhärteten sich. Es gelang mir nicht, mehr zu sagen.
In diesem Augenblick kam Charlotte hastig aus der U-Bahn-Station gestürzt. Ihr Haar war noch aufgedonnerter als sonst, und über ihrer Schulter trug sie eine riesige grüne Tasche von Givenchy mit Krokodilprägung. Die musste neu sein. Wann hatte sie sich die gekauft?
»Hey, Chichas!«
»Hei.«
Ida legte ihr Handy zur Seite, aber ich konnte gerade noch sehen, dass das Geld überwiesen worden war.

Charlottes Absätze klackerten selbstsicher auf dem Asphalt, als sie uns auf dem Bogstad-Weg anführte. Wir waren eine ganze Clique, Ella und Caroline waren auch aufgetaucht. Eigentlich war es ziemlich unmöglich, mit so vielen zu shoppen, aber wir versuchten es häufig trotzdem. Das Ergebnis war meist das glei-

che: Charlotte und ich hatten die Hände voll mit Taschen, die anderen trugen keine einzige. Ida hatte kein Geld, Ella mangelte es an Entschlussfreudigkeit und Caroline fand ständig, dass ihr nichts passte. Trotzdem wollten sie immer mit, dahin, wohin wir gingen.
Wenn man etwas Großes verbergen will, können kleine Dinge sehr schwierig werden. Wie zum Beispiel shoppen zu gehen. Beim Shoppen hatte ich ganz klar einen Ruf zu verlieren: Die anderen wussten nur zu gut, dass ich meiner Kreditkarte an Samstagen keine Ruhe gönnte. Wie sollte ich damit an diesem Tag umgehen?
Ich hatte mir zunächst überlegt, es darauf zu schieben, dass ich mein Portemonnaie zu Hause liegen gelassen hatte, aber dann würde Charlotte nur anbieten, mir Geld zu leihen.
Dass ich knapp bei Kasse war, bedeutete – anders als bei Ida – ebenfalls keine Entschuldigung, denn alle wussten, dass Papa, der sogenannte DILF, mir sofort Geld überweisen würde, wenn ich anrief und ihn um den Finger wickelte.
Wir waren erst ein paar Häuserblocks weit gekommen, als Charlotte plötzlich neben mir auftauchte.
»Ich bin gestern Abend an eurem Haus vorbeigegangen«, sagte sie und lächelte. »Das sah irgendwie ziemlich ausgestorben aus.«
»Oh – ja ...«, sagte ich. »Wir waren wohl nur nicht zu Hause.«
»*Wohl* nicht zu Hause? Du musst doch wissen, ob ihr zu Hause wart oder nicht.«
»Ja. Nein. Ich meine, wir waren nicht zu Hause.«
Sie sah mich lange an. »Hat euer Gärtner gekündigt?«
»Nein!«
»Ich glaube, er hat vergessen, den Rasen zu mähen.«

Plötzlich erschien Ida auf meiner anderen Seite. Sie hakte sich bei mir unter.
»Charlotte entwickelt in letzter Zeit ein großes Interesse für die Gartenarbeit, weißt du?« Sie lachte.
Charlotte zog eine Grimasse.
Ich schickte Ida ein Lächeln und drückte ihren Arm. Ida, liebe Ida. Was hätte ich bloß ohne sie tun sollen?

Es war ganz klar nicht dasselbe, Klamotten anzuprobieren, wenn man wusste, dass man nichts kaufen konnte. Jetzt stand ich in einem zart gemusterten Sommerkleid vor einem Spiegel, aber so schön es auch aussah: Ich wusste, es war völlig ausgeschlossen, dass es zusammen mit mir den Laden verließ. Um den Schein zu wahren, trat ich aus der Umkleidekabine und betrachtete mich in dem großen Spiegel an der Wand.
»Superschön!«, sagte Ella. Sie saß da und wartete – wie so oft. Ella gehörte zu jenen, die immer mit dabei waren, aber eigentlich nie selbst in den Vordergrund traten – egal, ob es sich ums Shoppen, um Jungen oder Partys handelte.
»Es könnte vielleicht noch etwas kürzer sein«, sagte Charlotte. Sie kam gerade aus der Umkleide, in einem Fetzen, bei dem sich nicht ganz eindeutig zuordnen ließ, ob es sich um ein Top oder ein Kleid handelte, so kurz war es. Eindeutig war jedoch in jedem Fall die Farbe. Rot, sehr rot. Feuerwehrautos konnten getrost nach Hause fahren und ganz hinten in der Garage parken – verglichen mit diesem Kleid oder Top.
»Nein, das finde ich nicht. Es hat genau die richtige Länge«, sagte Ida, die gerade aus Spaß eine ziemlich schräge Sonnenbrille aufsetzte. »Außerdem ist es nicht besonders trendy, wenn man die Unterhose sieht.«

Während sie das sagte, warf sie einen schiefen Blick auf Charlottes rotes Teil, aber das kümmerte Charlotte nicht.
Ich nahm das Preisschild in die Hand. 1290 Kronen. Meine Handflächen wurden feucht.
»Ich weiß nicht«, sagte ich. »Es fühlt sich irgendwie nicht ganz … richtig an.«
Ida nahm die Brille ab und wurde ernst. Sie wusste, was ich dachte.
»Du hast recht. Es ist vielleicht nicht ganz deine Farbe. Ich meine, deine Farben«, fügte sie schnell hinzu.
Ich blieb stehen und betrachtete mich. Tat so, als würde ich es mir ernsthaft überlegen, obwohl ich wusste, dass ich es auf jeden Fall zurückhängen musste. Doch da spürte ich Charlottes Blick auf mir.
»Du wirst keines finden, das dir besser steht als das da.«
»Hä?«, sagte Ida. »Na, klar findet sie das!«
»Es ist brav, aber gleichzeitig sexy«, fuhr Charlotte fort. »Es verspricht viel und hält nichts.« Sie grinste mich im Spiegel an. Ihre Lippen waren ebenso rot wie das Kleid oder Top. »Genau wie du«, sagte sie.
»War das ein Kompliment?«, fragte Ida.
Charlotte strich das Kleid glatt und reckte sich im Spiegel ihre Brüste entgegen.
»Ich weiß nicht. Frag Axel.«
»Was willst du damit sagen?!« Idas Wangen waren gerötet.
Charlotte drehte sich zu mir. »Ich hab nur Spaß gemacht! Nimm das Kleid! Du siehst umwerfend darin aus!«
Ich blieb stehen. Der Stoff wurde unter den Armen langsam feucht. Charlotte legte den Kopf schief. Ihre Augen wurden ganz schmal.

»Du hast heute noch überhaupt nichts gekauft.«
»Es ist wirklich schön«, sagte ich schnell.
Charlotte griff nach dem Preisschild. »1290? Das ist ja nichts. Es ist sogar heruntergesetzt. 30 Prozent.«
Ich nickte. »Ich nehme es.«

Chanel

Die Tasche brannte in meiner Hand, als wir weitergingen. Ida hielt mich zurück.
»Was machst du denn?!«
»Ich weiß nicht. Es ist einfach passiert. Okay?«
Sie sah mich an, als sei ich eine dieser Gören, auf die sie gelegentlich aufpassen musste, um sich Taschengeld zu verdienen.
»Ich bringe es einfach später zurück.«
Sie nickte. »Ich verstehe nur nicht, warum du so tun musst als ob?«
Etwas später fand Charlotte ihre große Liebe. Die fand sie oft, aber dabei war nie die Rede von Jungen, sondern fast immer von Schuhen.
An diesem Tag waren es, laut Charlotte, die *Traumschuhe schlechthin*, genauer gesagt ein Paar Espadrillos von Chanel. Es war das vorletzte Paar im Laden, cremeweiß, mit dem charakteristischen Logo – die zwei verschränkten C – aus Stoff auf jedem Fuß.
»Der absolute Irrsinn!«, sagte Caroline.
»Ganz klar«, sagte Ida. »Wenn du ›Irrsinn‹ bei Wikipedia nachschlägst, dann findest du ein Bild von genau diesen Schuhen.«
Charlotte überhörte das. »Ich habe sie letztes Jahr in irgendeinem Magazin gesehen«, sagte sie. »Aber ich habe nicht gewusst, dass es sie in Norwegen gibt.« Sie bewegte ihren Fuß, um ihn von allen Seiten zu betrachten.

Ida stand mit dem anderen Karton in der Hand da. Sie drehte ihn um und sah überrascht auf das Preisschild.
»Die sind ja gar nicht so teuer – nur 300 Kronen?«
»Die sind direktimportiert. Das sind Euro«, sagte Charlotte.
»Oh.«
»Wenn du London vergisst, kannst du sie dir auch leisten. Jede von uns nimmt ein Paar«, sagte Charlotte.
Ida besann sich wieder. Sie wog den Schuhkarton in einer Hand.
»Ja, vielleicht. Stoffschuhe mit Logo und der Rauswurf aus dem Ballettzweig ... Oder vier Wochen London und die Rettung im Herbst. Eine schwere Entscheidung.«
Charlotte verdrehte die Augen und nahm die Schuhe mit in die Umkleide.
Ich öffnete die Nachbarkabine. Ich hatte einen Haufen Klamotten über dem Arm und sah ziemlich busy aus. Aber als ich den Vorhang hinter mir zugezogen hatte, setzte ich mich einfach nur auf den Hocker. Es machte keinen Sinn, irgendetwas anzuprobieren, ich würde sowieso nicht einmal ein Haargummi kaufen.
Ich hörte ein Rascheln aus Charlottes Kabine. Zwischen uns war ein Vorhang. Durch einen Spalt konnte ich Charlottes Hände sehen, wie sie die Schuhe hielten und darüberstrichen. Plötzlich passierte etwas. Es ging so schnell, dass ich es fast nicht mitbekam. Sie schob die Schuhe in eine Einkaufstüte, verschloss den leeren Schuhkarton ruhig und stellte ihn ordentlich auf den Fußboden.
Ich zog mich zurück. Es dauerte ein paar Sekunden, bevor ich begriff, was ich gesehen hatte.
Charlotte stahl.

Ein Kellner war auf dem Weg zu unserem Tisch. Charlotte beugte sich vor und flüsterte: »Oh! Es ist der Hübsche!«
»Willst du dir nicht bald mal einen unter dreißig suchen?«, fragte Ida.
Charlotte hatte keine Lust, darauf zu antworten. Sie war zu beschäftigt damit, ihren Kopf auf die Seite zu legen und ihre Zunge kokett über die Lippen fahren zu lassen, ohne dass irgendetwas davon einen Eindruck auf den Kellner zu machen schien.
Nach vier Stunden in den Läden waren die Beine matt und träge – das schaffte kein Tanzunterricht, nur Shopping machte einen so müde. Und hungrig. Wir bekamen die Speisekarten. Ich tat so, als würde ich in meine hineingucken, wusste aber schon, was ich bestellen wollte.
»Ich nehme nur einen Kaffee.«
»Wir müssen doch was essen«, sagte Charlotte.
»Sie darf doch wohl einen Kaffee trinken, wenn sie darauf Lust hat«, meinte Ida.
Charlotte beachtete sie nicht und sah mich an.
»Wann hast du zuletzt was gegessen?«
Ich fingerte an der Speisekarte herum. An einer Ecke löste sich der Plastiküberzug.
»Was glaubst du, wie es sich für uns andere anfühlt, wenn *du* eine Diät machst?«, fuhr sie fort. »Das ist genau das, wovor uns die Lehrer warnen. Dass wir uns gegenseitig unter Schlankheitsdruck setzen.«
Ich nickte schnell. »Sorry. Das war nicht meine Absicht.«
»Entspann dich mal, Charlotte. An *diesem* Punkt ist Amelie ja wohl noch nicht«, sagte Ida.
Aber um das zu beweisen, musste ich jetzt irgendwas bestellen. Mein Blick fiel auf die Speisekarte.

»Ich nehme die Miesmuscheln. Und dazu ein Wasser.«
Die kosteten 149 Kronen. Wenn ich das Kleid zurückbrachte, würde das alles sein, was ich an diesem Tag ausgegeben hatte. Das war höchstwahrscheinlich die billigste Shoppingtour, die ich jemals unternommen hatte. Trotzdem hatte ich viel zu viel ausgegeben. Warum war ich überhaupt mitgekommen? Ich hätte mich einfach fernhalten sollen. Ich hätte sagen können, ich sei krank oder so. Ich sah auf und begegnete Idas Blick. Ihre Augenbrauen zogen sich irritiert zusammen. Sie dachte bestimmt genau das Gleiche.
Die anderen bestellten. Der Kellner sammelte die Speisekarten ein und verschwand. Charlotte lehnte sich in ihrem Stuhl zurück. Sie kippelte, sah uns der Reihe nach an und grinste.
»Ich habe eine Überraschung!«
Alle warteten.
»Seid ihr gespannt?«
Das war typisch Charlotte. Wenn sie sich unserer Aufmerksamkeit sicher sein konnte, zog sie den Augenblick in die Länge. Und unserer Aufmerksamkeit konnte sie ja ständig sicher sein. Sie fuhr fort, uns anzusehen. Besonders lange mich, so schien es mir. Was wollte sie uns sagen?
Plötzlich spürte ich mein Herz. Es klopfte schneller. Sie hatte unseren Garten kommentiert, seinen ungepflegten Zustand. Vielleicht hatte sie irgendetwas erfahren? Oder mich durchschaut?
»Supergespannt?«, setzte sie hinzu.
»Charlotte. Nun mach nicht so'n Drama«, sagte Ida.
»Also gut.« Sie machte wieder eine Kunstpause, holte tief Luft und drehte die Lautstärke hoch. »Mama und Christian fahren am nächsten Wochenende weg. Und sie haben mir erlaubt, eine Party zu geben!«

Das waren wirklich große Neuigkeiten. Nicht wegen der Party – Partys gab es immer wieder –, sondern weil Charlottes Mutter und Stiefvater so dumm gewesen waren, sich wieder auf eine Party einzulassen. Beim letzten Mal war es *richtig* schiefgegangen. Und damit meine ich nicht ein paar zerbrochene Gläser und Kautabakhäufchen auf dem Teppich. Wir sprechen hier über Motorräder im Haus. Im Whirlpool, um genau zu sein.
»Wir laden alle ein, die wir mögen. Und dann laden die wieder alle ein, die *sie* mögen.«
»Was hast du gesagt, um die Erlaubnis dafür zu bekommen?«, fragte Ida.
Charlotte lachte. »Dass ich nur euch Mädchen einlade.«

Als wir wieder bei der Haltestelle ankamen, zeigte die Anzeigetafel, dass bereits eine Minute später die Straßenbahn nach Holmenkollen abging. Die anderen liefen zum Bahnsteig.
»Kommst du?«, fragte Charlotte.
Sie hatte bestimmt gemerkt, dass ich langsamer ging.
»Ich … glaube, ich gucke noch ein bisschen weiter«, sagte ich und deutete mit dem Kopf in Richtung Bogstad-Weg.
Wie viele Lügen waren es jetzt? Auf jeden Fall hundert.
»Die Geschäfte schließen in einer Viertelstunde«, sagte Ella.
»In einer Viertelstunde kann man viel finden«, sagte ich. Lüge Nummer hunderteins. »Geht nur.«
»Aber wir wollen baden!«, sagte Charlotte.
»Heute nicht.«
»Ach, komm! Vielleicht etwas später? Du musst doch sowieso bald nach Hause.«
»Ja. Vielleicht. Oder – nein … Heute kommt so ein Pool-Typ.«
Lüge Nummer hundertzwei.

»Oh, the pool guy! Dann kommen wir auf jeden Fall!«
»Er chlort das Wasser. Vor morgen kann man nicht baden.«
Lüge Nummer hundertdrei.
Sie standen aufgereiht um mich herum, die Lügen – ein ganzes Heer. Eines Tages würden sie mich angreifen, alle auf einmal.

Ich joggte den ganzen Weg zurück zu dem Geschäft, in dem ich das Kleid gekauft hatte. Zwei Minuten bevor es schloss, warf ich die Tasche auf den Ladentisch.
»Ich möchte das gerne zurückgeben.«
Trotz meiner guten Kondition war ich außer Atem.
Die Dame in dem Laden trug eine Jeans mit Leopardenmuster und schwankte auf Schuhen umher, deren Absätze faszinierenderweise eine Kombination aus Plateau und Stilett darstellten. Sie machten sie anderthalb Köpfe größer als mich.
»Tut mir leid.«
Sie zeigte auf ein Schild an der Kasse: *Heruntergesetzte Ware kann nicht umgetauscht werden.*
»Aber ich habe es doch erst vor zwei Stunden gekauft!«
Sie bemühte sich nicht einmal zu antworten, nahm nur die Schublade aus der Kasse und bereitete sich darauf vor, den Laden zu schließen.
»Das kann doch nicht für Sachen gelten, die an demselben Tag gekauft worden sind!«, sagte ich.
Sie klapperte mit den Münzen in der Kassenschublade. Immer noch keine Antwort. Ich hätte Lust gehabt, sie zu erwürgen – inklusive des Leopardenmusters und dem Rest.
»Das ist ein unglaublich schlechter Service!«
»Wir erwarten, dass unsere Kunden lesen können«, sagte sie kalt.

»Bitte.« Ich senkte die Stimme und hoffte, man würde den Klumpen im Hals nicht hören.
»Ich habe die Regeln hier nicht gemacht.«
»Aber ... ich kann es mir eigentlich gar nicht leisten«, sagte ich flehend.
»Daran hättest du denken sollen, bevor du es gekauft hast.« Sie holte einen Schlüsselbund hervor. »Kannst du bitte gehen.« Das war keine Frage. »Wir schließen.« Sie schob mich aus dem Geschäft.
In mir stieg Wut hoch.
»Ich kaufe hier nie mehr ein!« Ich versuchte, es laut und hart zu sagen, hörte aber, dass es nur feige und kindisch klang. Denn mein Mund zitterte, und ihr Blick ließ mich auf unter zehn Zentimeter schrumpfen.
»Das ist deine Entscheidung.« Sie schob mich ganz aus der Tür. »Wir brauchen dein Geld nicht.«
Dann schloss sie die Tür. Ich hörte, wie sich der Schlüssel im Schloss drehte. Sie musste drinnen auf einen Knopf gedrückt haben, denn nun begann das Gitter hinunterzugleiten, als würde sie das Geschäft vor einem Dieb beschützen wollen.
Ich schluckte und schluckte und drehte mich um, damit sie nicht sehen konnte, wie meine Augen feucht wurden. Obwohl die Chance, dass sie sich die Mühe machen würde, mich noch einmal anzusehen, eher gering war. In der Hand hielt ich immer noch die Tüte mit dem Kleid. Ich hatte fast das ganze Geld ausgegeben, das Ida mir geliehen hatte.

Don't Sweat the Technique

Langsam ging ich den Bogstad-Weg hoch. Ich hatte Majorstuen schon erreicht, als ich feststellte, dass ich keine Lust hatte, mich in die U-Bahn zu setzen und zurückzufahren nach Stovner – auch bekannt als Arsch der Welt.
Ich musste etwas finden, was ich den restlichen Tag über tun konnte.
Am besten ich trainierte. Jetzt, wo mir mein Zimmer nicht mehr zur Verfügung stand, tanzte ich nicht mehr annähernd so viel, wie es eigentlich nötig war. Und da Birgitta sich offensichtlich entschieden hatte, mich in die Loser-Liga einzuordnen, war das Training noch wichtiger als zuvor.

Ich stand vor der *Valkyrie*. Die Schule lag ruhig und dunkel da, bestimmt war sie abgeschlossen. Nur das Geräusch einer Maschine war zu hören. Ein Summen oder eine Art Vibrieren, irgendwo tief drinnen in dem großen Gebäude. Ich fasste die Eingangstür an und zog daran. Unvermutet schwang sie auf.
Völlig allein in dem großen Gang, war das Geräusch meiner Schritte plötzlich sehr laut. Ich versuchte, mich behutsam zu bewegen, so leicht wie möglich zu gehen, aber jeder meiner Schritte hallte zwischen den Wänden wider. Durfte ich zu dieser Zeit eigentlich hier sein?
Wir durften nachmittags trainieren, bis die Schule geschlossen wurde, aber nie an den Wochenenden, es sei denn, eine Auffüh-

rung oder etwas anderes Besonderes stand an. Ich war auf gut Glück hierhergefahren, hätte aber auch nicht gewusst, wo ich sonst hätte hingehen können.

Der Saal lag im Halbdunkel. Es war ungewohnt, ihn so zu sehen. Er wirkte kleiner als sonst, zog sich zusammen, die Ecken kamen auf mich zu. Ich beeilte mich, den Lichtschalter zu drücken. Die Leuchtstoffröhren knisterten und blinkten, dann legte sich das schale Licht über den Saal.

Ich holte mein Handy hervor und schloss es an die Musikanlage an. Zuerst dachte ich an einen der Songs, die Birgitta in ihrem sogenannten »Lyrischen Themen-Semester« verwendet hatte, das sie in diesem Frühling durchgeführt hatte – viel weicher R'n'B. Aber dann überlegte ich es mir anders.

Es dauerte eine Weile, bis der Song auftauchte. Ich musste danach suchen und hatte nur den Titel (oder das, was ich dafür hielt), nach dem ich gehen konnte. Zum Schluss fand ich ihn auf YouTube.

Ich hatte noch nie von dieser Band gehört – Eric B & Rakim. Das Video war ziemlich vulgär, viel Busen und Oberschenkel, ein Kasino, teure Autos und überdimensionierter Goldschmuck. Aber um das Video ging es ja auch nicht.

Bald hallte der Kontrabass durch den Raum. Danach das Saxofon. Und dann der Rap. *Don't Sweat the Technique.*

Ich begegnete meinem eigenen Blick im Spiegel und entspannte mich. Die Ausgangsposition ähnelte der beim Jazztanz. Dann versuchte ich mich an ein paar Schritten, die ich Mikael abgeguckt hatte. Das funktionierte – gelinde gesagt – nicht besonders gut.

Meine Unbeholfenheit schlug mir aus dem Spiegel entgegen. Ich sah extrem idiotisch aus. Wie ein Nerd, der zum ersten Mal im

Leben zusammen mit den coolen Typen zu einer Party eingeladen ist. Zum ersten und letzten Mal.
Ich hörte auf. Das war nicht ich – das musste ich einfach einsehen.
Aber die Musik hatte etwas Fesselndes. Der Körper bewegte sich, ohne dass ich darüber nachdachte. Es musste doch möglich sein, irgendetwas hinzukriegen! Vielleicht einen der einfachsten Schritte? Ich drehte dem Spiegel meinen Rücken zu. Es war leichter, wenn ich mich selbst nicht sehen musste. Dann schloss ich die Augen, um auch wirklich keinen Blick auf das unbeholfene Mädchen da drinnen zu erhaschen. Ich beugte mich vor und setzte beide Hände auf den Boden, fast wie bei einer Brücke. Dann zählte ich vor und versuchte mich an etwas, das – so glaubte ich jedenfalls – *Six-step* hieß.
Es funktionierte überhaupt nicht. Die Füße waren ein einziges Durcheinander, und schließlich trat ich mir auch noch auf die rechte Hand – und auf den kleinen Finger. Au! Jetzt fehlte nur noch, dass ich mir irgendetwas brach.
Ich pustete schnell auf den Finger und versuchte, ihn zu bewegen. Zum Glück ging das problemlos.
Dann probierte ich erneut. Dieses Mal schaffte ich es zumindest, eine Art Kreis zu beschreiben, obwohl ich mir wieder auf die Hand trat. Dieses Mal traf es die linke, aber die volle Handfläche. Das tat nicht ganz so weh.
Ich probierte es wieder, langsam, auf diese Weise blieben die Hände jedenfalls verschont.
Und noch einmal.
Nun ging es besser.
Ich versuchte es schneller. Und schaffte es!
Ich öffnete die Augen und sah mich selbst im Spiegel. Es sah

tatsächlich gar nicht so schlecht aus. Ein bisschen verrückt, aber ich war nahe dran.
»Was in aller Welt treibst du da?«
Hastig drehte ich mich um. Da stand der Hausmeister. In der Hand hielt er eine Art Maschine, rund, mit einem langen Griff. Er sah alles andere als freundlich aus.
»Es war offen ...«
»Aber nicht, damit du hier herumhängen kannst.«
Er hielt mir die Maschine entgegen, und ich begriff, dass sie das Geräusch erzeugte.
»Es ist offen, weil ich hier arbeite.«
Er deutete mit dem Kopf in Richtung Boden.
»Oder glaubst du, der Boden pflegt sich von allein?«, rief er, um die Musik zu übertönen.
»Natürlich nicht.«
»Hast du nie daran gedacht, dass er gebohnert werden muss?«
»Nein. Oder, doch. Klar.«
Ich beeilte mich und nahm das Handy an mich. Die Musik hörte jäh auf. Dann hastete ich zur Tür. Aber nur, um dort festzustellen, dass ich auf der anderen Seite des Saals meine Tasche vergessen hatte. Ich musste den ganzen Weg wieder zurücklaufen, um sie zu holen. Während ich umherirrte, stand der Hausmeister da und sah mich an, als sei ich ein Kaugummi, das er vom Boden wegkratzen musste. Und als ich endlich fast draußen war, murmelte er etwas.
»Die nehmen sich auch, was sie kriegen können.«
Das Letzte, was ich sah, war sein Rücken, der sich über die Maschine beugte. Er hielt es nicht einmal für nötig, Tschüss zu sagen. Als ich das Schulgebäude verließ, hörte ich wieder das Summen.

Irgendwie konnte ich seinen Ärger verstehen. Jeden einzelnen Tag stapfte er zwischen verwöhnten Stadtkindern umher und tat sicher nichts anderes, als Kautabak aufzusammeln oder hinter Jugendlichen aufzuräumen, die mit Au-pair großgeworden waren und es nie selbst gelernt hatten.

Stovner by Night

Den Rest des Nachmittags hing ich in *Oslo City* herum – ich und ein Haufen anderer Menschen mit hängenden Schultern und etwas Heimatlosem an sich. Das Einkaufscenter hatte zum Glück lang offen, obwohl es Samstag war. Bei Starbucks kaufte ich mir einen Kaffee und zog ihn maximal in die Länge. Es zeigte sich, dass man für eine Tasse Kaffee tatsächlich eine Stunde brauchen konnte. Als der Becher endlich leer war, knurrte mein Magen dermaßen, dass ich gezwungen war, Geld für einen Muffin auszugeben. Er schmeckte wahnsinnig gut. Ich aß wirklich alles auf, sogar das, was noch am Papier klebte. Bestimmt hätte ich auch noch das Papier selbst gegessen, wenn ich nicht Angst vor den befremdeten Blicken der Leute gehabt hätte.
Papa rief mich nicht an – und ich hatte keine Lust, zu Hause anzurufen. Oder, falsch: Ich hatte keine Lust, dort anzurufen, wo kein Zuhause war, sondern schickte nur eine SMS, dass es spät werden würde. Papa kontaktierte mich sonst mehrere Male am Tag, wollte wissen, wo ich war und wann ich nach Hause käme. Er vertraute mir, aber nicht allen anderen, sagte er immer. Aber nun schien es, als habe er dazu kein Recht mehr. Er hatte mich selbst den steilen Abhang hinuntergeschubst, und nun war es zu spät, mir zu erklären, ich solle vorsichtig sein.
Um acht schlossen sich die Türen von *Oslo City*. Ein muskelbepackter Security-Wachmann bat mich, zu verschwinden beziehungsweise »zur Hölle zu fahren«, wie er es formulierte.

Schließlich setzte ich mich in die U-Bahn in Richtung Arsch der Welt. Vielleicht gab's wenigstens etwas Witziges im Fernsehen. Dann brauchte ich nicht mit Papa zu reden.
Aber daraus wurde nichts.

Am Abend war Stovner anders. Die Sonne ging unter, und alles wurde rosa. Das löschte einige Schönheitsfehler aus. Graffitis und Rostflecke verschwanden. Die Kleidungsstücke, die zum Trocknen auf den Balkonen hingen, waren nur noch Schatten gegen den Abendhimmel. Die Häuserblocks schrumpften und verloren sich fast zwischen all den Bäumen. Und hinter den Häusern lag der Wald. Die Nordmark. Mir fiel auf, dass Stovner noch näher an diesem Waldgebiet lag als unser Haus in Holmenkollen. Wenn Papa nur das Fahrrad gehabt hätte. Er hätte sich in den Wald retten können, so, wie er es um diese Zeit des Jahres liebte – knallhart für das Birkebeiner-Rennen zu trainieren und danach schwitzend und glücklich nach Hause zu kommen. Es stach mir in den Magen. Plötzlich sehnte ich mich danach, ihn so zu sehen – rotwangig und erschöpft, glühend vor Eifer.
Auf dem Weg zur Wohnung ging ich an dem Versammlungslokal vorbei, wo Mikael getanzt hatte. An der Wand, mit meterhohen Buchstaben geschrieben von jemandem, der wirklich mit einer Spraydose umgehen konnte, stand »XL«.
Das Lokal war erleuchtet, Musik drang heraus, zusammen mit dem Geräusch vieler Stimmen. Ich blieb stehen. Eigentlich wollte ich einen anderen Weg einschlagen, aber meine Füße zogen mich zur Geräuschkulisse.
Durch die Fenster konnte ich annähernd hundert Menschen ausmachen, Jugendliche wie Erwachsene. Eine Tanzfläche war hergerichtet worden. Hinter einem Pult saß ein DJ.

Ich wollte schon weitergehen, nach Hause. Ein Discoabend im Versammlungslokal in Stovner war trotz allem nicht ganz mein Ding. Aber dann entdeckte ich dort drinnen jemanden.
Weißes T-Shirt, dunkle Haare. Aufrechter Rücken, weicher Nacken. Und sein klingendes, fröhliches Lachen, an das ich mich am ersten Abend geklammert hatte.

Niemand bemerkte mich, als ich den Saal betrat. Alle waren mit sich beschäftigt. Ich blieb im Türrahmen stehen – ich konnte ihn nirgendwo entdecken. Suchend ließ ich meinen Blick über Jugendliche von zwölf Jahren aufwärts und Erwachsene bis an die vierzig schweifen. Einige waren blond, so norwegisch, wie es nur ging, andere hatten eher einen ausländischen Hintergrund. Die Kleidung war genauso unterschiedlich wie die Leute, aber eines hatten sie alle gemeinsam: gute Schuhe. Denn alle bewegten sich nach der Musik, deshalb waren sie hier – um zu tanzen. Ich wollte umkehren. Vielleicht hatten meine Augen mich getäuscht. Außerdem war es egal – ich hatte nicht vor, irgendjemanden hier oben kennenzulernen. Am allerwenigsten *ihn*, vor dem ich mich schon so dermaßen zum Affen gemacht hatte.
»Amelie?«
Er war aufgetaucht, ohne dass ich es bemerkt hatte. Außer Atem stand er vor mir – vielleicht hatte er versucht, mich abzufangen. Oder es kam vom Tanzen.
»Hei.«
Ich versuchte, cool auszusehen und ein unbewegtes Gesicht aufzusetzen, aber ich konnte ein Lächeln nicht unterdrücken. Er lächelte zurück. Ein Leuchten ging über sein ganzes Gesicht – er war noch liebenswerter, als ich ihn in Erinnerung hatte. Wir blieben stehen. Er hielt meinen Blick fest, ein bisschen zu

lang. Dann sah er plötzlich weg und schob seine Hände in die Taschen, als ob er nicht richtig wüsste, was er mit ihnen machen sollte.
»Was ist das hier?«, fragte ich und deutete in den Saal.
»*All Styles*.«
»Aha.«
»Ein Battle.«
»Oh.«
»Eine Art Tanzwettbewerb.«
»Ja. Ich weiß, was ein Battle ist.«
Ich traute mich nicht, seinem Blick zu begegnen. Er musste denken, ich sei ein Idiot.
»Warst du bei so etwas schon einmal dabei?«, fragte er.
Ich schüttelte schnell den Kopf.
Ein dreiköpfiger Troll türmte sich plötzlich hinter Mikael auf. Es waren seine drei bescheuerten Kumpel, die sogenannte *Crew*.
»Hei, *Amelie*«, sagte Josef. Er sprach meinen Namen betont affektiert aus. Besonders smart war er nicht gerade. »Na, unterwegs im Slum?« Er lehnte sich an die Wand und nickte zu mir her.
Mir wurde plötzlich sonnenklar, wie affig sie meinen Kleidungsstil finden mussten.
»Oder willst du mitmachen?«, fuhr er fort. Ohne auf eine Antwort zu warten, riss er mir plötzlich die Tasche aus der Hand. Er nahm das neue Kleid heraus und hielt es hoch. Es war wirklich ziemlich klein geblümt und passte, vorsichtig ausgedrückt, nicht wirklich hierher, passte vielleicht sogar noch schlechter zu diesem Ort und zu den Leuten hier als das, was ich schon trug.
»Willst du in dem hier battlen?« Er hielt es vor sich und sagte mit Schmollmund zu dem Kleid: »Ooh! Wie süüüß!«

»Hör auf«, sagte Mikael leise. Während er seinen Kumpel durchdringend ansah, zog er Josef das Kleid und die Tüte aus den Händen. Dann faltete er es ungeschickt zusammen, konzentrierte sich darauf, es schön zu machen, legte das Kleid in die Tüte und reichte sie mir.

Im selben Moment kratzte es in der Lautsprecheranlage. Ein Moderator war auf der Bühne erschienen. Er war klein, rasch in seinen Bewegungen und trat unruhig vor und zurück, während er redete – so, als würde er tanzen.

»Kommt, Leute! Bildet einen Kreis! Unterstützt die Tänzer!«

Mikael lächelte mir zu.

»Komm.«

Battle

Mikael deutete mit dem Kopf zur Tanzfläche – er wollte, dass wir dorthin gingen. Die Leute traten zögernd näher.
»Während ihr da herumhängt und allen erzählt, wie toll ihr seid, ist hier der Platz, wo es abgeht! Hier auf der Bühne sind sie bereit, euch ihre Seelen zu übergeben!«, rief der Moderator. Er hüpfte umher wie ein Duracell-Kaninchen mit ADHS. »Come on, people! Show 'em some love!«
Als Antwort darauf brüllte die Menge.
Erst jetzt entdeckte ich eine Jury, zwei Männer und eine Frau. Sie waren Mitte zwanzig und saßen an einem Tisch. Der eine, mit leicht pakistanischem Aussehen, kam mir bekannt vor – vielleicht hatte er mal an einer Tanzshow teilgenommen?
Es wurde immer voller. Alle standen dicht gedrängt, und Spannung lag in der Luft. Aber ich stand zu weit hinten und konnte nicht sehr viel mehr sehen als Rücken.
Da spürte ich eine Hand auf meiner Schulter. Weich und warm. Mikael. Er schob mich vor zum Kreis und fand einen Platz für uns. Von hier aus hatten wir alles im Blick. Er ließ seine Hand auf meiner Schulter liegen, wahrscheinlich, ohne sich etwas dabei zu denken, deshalb wand ich mich vorsichtig darunter heraus. Mikael verzog sein Gesicht zu einer entschuldigenden Grimasse.
»Die Ersten sind Josef und Moa von 985«, rief der Moderator. Josef sprang auf die Tanzfläche. Er schnipste und zeigte auf mich, bevor er einen seiner anderen Trollköpfe, wahrscheinlich

Moa, hinter sich herzog. Mikael johlte und klatschte, und er war nicht allein. Die Leute fanden ganz offensichtlich, dass »985« etwas Außergewöhnliches darstellte.

»985 trifft auf Silje und Irene von den Goldielocks!«, rief der Moderator.

Die Leute warteten und sahen sich um. Schließlich tauchten zwei Mädchen auf. Es waren dieselben, die ins XL hereingekommen waren, als ich gerade rausgehen wollte: das blonde große Mädchen und ihre kleinere Freundin mit den roten Haaren. Was für ein bescheuerter Name – Goldielocks.

Aber das Publikum fand den Namen offenbar super und fantastisch originell, denn es brüllte jetzt mindestens so laut wie zuvor. Irgendjemand dämpfte das Licht. Nur die Tanzfläche lag wie ein Ufo mitten im Raum.

Ich erwartete Hiphop, aber die Musik aus der Anlage war etwas ganz anderes. Der Anfang – eine klassische Gitarre – erinnerte an einen alten Western. Dann folgten ein funky Bass und rasche Tanzrhythmen. Das Ganze hörte sich nicht modern an, sondern eher ziemlich retro.

»The Mexican. Classic«, sagte Mikael, nickte und lächelte dem DJ anerkennend zu, der in seine Richtung zwinkerte.

Der Moderator zog eine leere Colaflasche hervor. Er legte sie auf den Boden und ließ sie rotieren – Flaschendrehen, ganz einfach. Sie stoppte bei Josef und Moa. Sie sollten beginnen.

Nachdem sie diverse Male affig die Arme gehoben und in die Menge geschnipst und gezeigt hatten (ich erinnerte mich plötzlich an einen Film über Balztänze, den ich einmal im Biologieunterricht gesehen hatte), stellten sie sich auf.

Moa war der Erste. Ihm gehörte der Boden. Ein wahnwitziger Move folgte dem anderen. Er besaß nicht nur eine enorme

Körperbeherrschung, sondern auch Kraft. Und alles, was mir über Balztänze durch den Kopf gegangen war, war wie weggeblasen.
Mikael stand dicht bei mir.
»In einem All-Styles-Battle ist fast alles erlaubt«, flüsterte er, so nahe, dass ich seinen Atem an meinem Ohr spürte. »Groove und Musikalität sind wichtig. Man kann gewinnen, auch wenn man technisch nicht der Beste ist – einfach, weil man völlig in der Musik aufgeht.«
Ich nickte.
Moas Runde neigte sich dem Ende zu. Im Schlussteil kam Josef dazu – eine Figur, die sie offensichtlich zusammen eingeübt hatten. Beine und Arme wirbelten wie Trommelstöcke – absolut synchron.
Dann waren sie fertig. Das Publikum brüllte. Moa ging ein paar selbstbewusste Schritte im Kreis, um den Beifall entgegenzunehmen. Dazu noch mehr Schnipsen und In-die-Menge-Zeigen. Er gebärdete sich wie sein eigenes Klischee, aber das machte den Leuten nichts aus, und den Applaus hatte er sich wirklich verdient.
Das rothaarige Mädchen war die Nächste. Sie hob den Kopf und fixierte Moa und Josef mit einem arroganten Blick. Es war, als würde sie auf die beiden herabschauen, obwohl sie mindestens einen Kopf kleiner war. Der Blick sagte: »Ich werde euch so was von die Hölle heiß machen.«
»Oooooh«, sagte Josef und tat so, als hätte er Angst.
Das Mädchen zeigte keine Reaktion, sondern warf sich in den Ring. Sie tanzte anders als Moa. Die Schritte erforderten nicht die gleiche Kraft, dafür waren ihre Bewegungen so fließend, wie ich es selten zuvor gesehen hatte.

Doch dann kam ein Übergang, die Musik veränderte sich. Sie fiel einen Augenblick lang raus und verlor das Gleichgewicht. Ich hielt den Atem an.
Sie schwankte. Dann fand sie sich wieder hinein. Sie biss sich in die Unterlippe, ganz offensichtlich unzufrieden mit sich selbst. Aber ihre Freundin rief ihr ein paar aufmunternde Worte von der Seitenlinie aus zu. Schließlich gelang es ihr, das Ganze relativ elegant zu einem Abschluss zu bringen.
Josef trat auf die Tanzfläche. Er tanzte mit geschlossenen Augen, konzentrierte sich darauf, dass alles saß. Dabei war er absolut präsent. Ganz ohne Zweifel besaß er das, was es brauchte – Technik *und* Gefühl. Er war noch besser als sein Kumpel. Das hier war nichts, was er sich gestern auf der Straße abgeguckt hatte. Dieses waren keine Schritte, die er auf YouTube gesehen und allein in seinem Zimmer zu kopieren versucht hatte. Er verstand sein Handwerk. Und er verstand es schon lange.
Die Jury sah ihm konzentriert zu. Die Blicke waren anerkennend.
»Josef hat mit dem Tanzen angefangen, als er vier war«, sagte Mikael.
»Das sieht man.«
»Ja. Ich habe Glück, dass ich in derselben Crew bin wie er.«
Ich war nicht ganz so sicher, ob ich seine Meinung in dieser Hinsicht teilte. Aber das konnte ich ja nicht sagen.
»Hat er dir viel beigebracht?«, fragte ich stattdessen.
Da lachte Mikael.
»Josef? Nein, Josef ist ein elend schlechter Lehrer. Er hat die Geduld eines Dreijährigen. Wenn du dir den geborenen Pädagogen hier denkst«, er hielt seine rechte Hand zur Seite ausgestreckt, »dann befindet sich Josef hier.« Er streckte die linke Hand zur

Seite aus. »Am anderen Ende der Skala.« Er überlegte. »Außerdem glaube ich eigentlich nicht, dass er sehr viel Bock darauf hat, zu teilen.«
»Zu teilen?«
»Seine Geheimnisse.« Er grinste. »Er würde ja riskieren, dass jemand besser ist als er. Und damit würde er nicht klarkommen.«
Ich konnte keine weiteren Fragen stellen, denn jetzt machte sich Josef bereit für eine wahnwitzige Abschlusssequenz. Und ich stand ganz still da und schaute einfach nur zu. Ich wollte ganz sicher sein, nichts zu verpassen.
Dann war er fertig. Das Publikum brüllte, wenn möglich noch lauter als vorhin. Ich selbst klatschte auch. Josef war vielleicht ein Arschloch, aber er war ein super Tänzer.
Das blonde Mädchen war schnell wieder vorne, als wollte sie den Applaus abkürzen. Sie nahm die Fläche mit einem dermaßen großen Selbstbewusstsein ein, dass ich ganz klein wurde, und verband in einem solchen Tempo Schritte miteinander, dass ich nicht begriff, wie sie das machte.
»Silje ist echt stark«, sagte Mikael.
Ich konnte nur nicken.
»Und an Silje mag ich, dass sie tatsächlich gerne mit anderen teilt. *Sie* hat mir unglaublich viel beigebracht.«
Zur gemeinsamen Schlusssequenz kam ihre Freundin wieder dazu, und die Mädchen beendeten ihre Nummer mit einem mindestens so großen Applaus wie Josef. Wenn nicht sogar größer. Die Jurymitglieder warfen sich Blicke zu und nickten anerkennend. Wer war am besten? Vielleicht waren sie darüber genauso im Zweifel wie ich.
Der Moderator ging zur Jury hinüber.
»Ich zähle bis drei.«

Sie nickten. Ich war plötzlich total gespannt. Ich feuerte ja keinen an und wollte weder, dass der arrogante Josef noch die coole Silje gewinnen sollten – aber trotzdem.

»Eins, zwei, drei!«

Gleichzeitig zeigte jeder aus der Jury auf die Mannschaft, die seiner Meinung nach gewonnen hatte.

Der Erste zeigte auf Josef und Moa. Die Zweite auf Goldielocks. Und der Letzte wieder auf Josef und Moa.

2:1.

Josef und Moa klopften sich gegenseitig hart auf den Rücken, bevor sie sich dem Publikum zuwandten und den Applaus entgegennahmen. Die Leute brüllten, grölten, johlten und klatschten. Die zwei Mädchen zogen sich zurück. Besonders Silje wirkte sauer.

Mikael jubelte. Er freute sich so sehr, als hätte er selbst gewonnen. Dann legte er plötzlich seinen Arm um mich.

»Das ist meine Crew, Amelie! 985! Wir sind unbesiegbar.«

Er drückte mich an sich. Sein Arm war hart und sehnig, die Haut glatt. Ich wollte, dass er seinen Arm dort ließ, ich wollte ihm noch näher sein. Aber ich durfte es nicht zulassen – es wäre ganz, ganz falsch gewesen. Ich machte mich steif. Er musste es gemerkt haben, denn unvermittelt ließ er mich los. So blieben wir stehen, nebeneinander, ohne etwas zu sagen. Schlechte Stimmung.

Dann entdeckte er etwas.

»Komm!« Er zog mich zu einer Wand, an der ein großes Plakat hing. »Guck mal!« Er zeigte darauf. »Ende Juni veranstalten sie den Beat Star. Hier im XL! Das ist der größte Battle des Jahres.« In seinen Augen glitzerte es. »Das ist echt was für dich.«

Ich war mir nicht ganz sicher, ob er es ernst meinte oder sich

einen Spaß mit mir machte, deshalb antwortete ich nicht. Ich sah ihn nur an, zog eine Augenbraue hoch und hoffte, ich würde ganz und gar gleichgültig wirken.
Er kümmerte sich nicht darum, sondern nahm meinen Arm und schwang ihn hin und her.
»Wir könnten zusammen tanzen.«
Okay. Es war nur ein Scherz.
»Hast du nicht schon eine Crew? 983?«, fragte ich und versuchte immer noch, cool zu klingen.
»985«, sagte er belehrend. »Die Postleitzahl von Stovner. 0985.«
»Whatever«, sagte ich.
Aber er lächelte nur.
»Wenn ich mit dir tanzen darf, gebe ich ihnen von heute auf morgen den Laufpass.«
Ich schaffte es nicht zu antworten, denn im selben Augenblick präsentierte der Moderator das nächste Paar, und uns alle zog es wieder Richtung Tanzfläche.

Salsa

Eine solch wahnwitzige Tanzerei hatte ich nie zuvor gesehen. Ich guckte nicht auf die Uhr, aber der Battle musste Stunden gedauert haben. Und Mikael blieb bei mir, den ganzen langen Abend, der trotz alledem viel zu schnell verging. Er kommentierte und erklärte – die verschiedenen Tänzer, die verschiedenen Stile. Da gab es Hiphop, Popping, House, Wacking, Vogueing und natürlich Breaking.

Er war mir nahe, stand dicht bei mir, die ganze Zeit über. Ich nahm seine leise Stimme wahr, seinen Atem an meinem Ohr und an meinem Hals. Ständig berührten wir uns zufällig. Anfangs wich ich aus, aber es war eng, die Leute standen dicht an dicht, und es gab keinen Grund, warum wir das nicht auch tun sollten.

Teilweise stand er neben mir – der Arm hing ruhig neben meinem, seine Hand war nur ein paar Millimeter von meiner entfernt –, teilweise wurde er hinter mich gedrängt. Dann war er mir noch näher. Aber ich ertappte mich bei dem Gedanken: nicht nah genug.

Dann war der Battle vorbei. Ich bekam nicht mit, wer gewonnen hatte. Ich merkte nur, dass der Körper hinter mir verschwand, als sich die Menge auflöste.

Ich drehte mich um. Fremde Gesichter überall, aber kein Mikael. Plötzlich stellte ich fest, dass meine Arme immer noch linkisch an den Seiten herabbaumelten. Ich versuchte, sie stattdessen vor der Brust zu verschränken, aber die Tasche mit dem Kleid war dabei im Weg.

Silje und ihre Freundin sahen mich an und flüsterten. Ich drehte mich weg.

Auf einmal verstand ich nicht mehr, was ich hier machte. Ich hätte schon längst zu Hause und im Bett sein sollen.

Dann senkten sich zwei Cola von der Decke. Oder besser gesagt: Sie wurden von hinten über meinen Kopf gehoben und heruntergelassen. Ich wandte mich um. Da stand Mikael. Er hielt mir die eine Cola hin, aber ich nahm sie nicht.

»Oh, sorry. Willst du lieber Cola light?«, fragte er.

»Eigentlich ja.«

Er maß mich mit seinem Blick.

»Kriegst du nicht. Du brauchst die Kalorien.« Er drückte mir die Cola in die Hand.

Ich antwortete nicht, hielt die Cola aber fest. Ich war etwas irritiert. Er hätte mir Bescheid sagen können, bevor er verschwand. Im selben Augenblick dröhnte Musik aus den Lautsprechern. Die Lautstärke nahm zu.

»Was passiert jetzt?«, rief ich.

»Rate.« Er nahm meine Tasche und stellte sie an die Wand. »Keine Sorge, die nimmt keiner. Sie sehen aus wie Gangster, sind aber so harmlos wie kleine Katzen.«

Danach nahm er mir die Cola ab, die er mir gerade gegeben hatte. »Ich habe mich anders entschieden. Du brauchst sie doch nicht.«

Und dann zog er mich auf die Tanzfläche. Er begann, sich zu bewegen, hatte die volle Kontrolle. Ich selbst wusste plötzlich nicht mehr, was ich mit meinen Armen und Beinen machen sollte, und ertappte mich dabei, wie ich die letzte Choreografie aus der Schule repetierte. Aber Birgittas »lyrischer Jazztanz« war hier nicht wirklich angesagt – es musste total idiotisch aussehen.

Die Leute warfen mir seltsame Blicke zu. Ich war ein Goldfisch, und irgendjemand hatte mein Glas zerbrochen. Nun zappelte ich unkontrolliert auf dem Boden herum, ungelenk und komisch. Mikael sah es. Er lächelte, und plötzlich zog er mich an sich. Den ganzen Abend hatte ich mir gewünscht, sein Körper wäre mir noch näher. Nun hielt er mich eng an sich gedrückt. Bestimmt spürte er durch den Pullover hindurch meinen Herzschlag oder wie das Blut in meinen Händen pulsierte – die Hände, die er hielt und die allmählich feucht wurden. *Seine* Hände dagegen waren warm und weich. Ich bekam auf einmal wahnsinnig Lust, diese Hände auf mir zu spüren. Überall. Es gelang mir nicht, an irgendetwas anderes zu denken. Und schließlich gab es da noch ein weiteres Problem: Wir sollten irgendwie zusammen tanzen.

Zwei Schritte – er trat mir auf die Zehen.

Wieder zwei Schritte – ich trat auf seine.

Wir fanden überhaupt keinen Rhythmus und waren kein bisschen synchron – weder miteinander noch mit der Musik.

Etwas weiter entfernt standen Moa und Josef. Ganz offensichtlich lachten sie über uns.

»Die sind nur neidisch«, sagte Mikael in meine Haare. Dann ließ er mich los. Er dachte nach. »Kannst du Salsa?«

»Ein bisschen.«

»Vieles im Streetdance kommt von der Salsa. Zum Beispiel *Top Rocking* – fast wie ein Salsa-Schritt.«

Er zog mich wieder an sich und begann sich zu bewegen. Er war alles andere als schlecht. Sein Repertoire war nicht besonders groß, aber er konnte das Wichtigste überhaupt – er konnte führen.

Er schleuderte mich zur Seite, drehte mich um mich selbst und zog mich wieder zu sich. Mir wurde schwindelig.

»Und immer schön fokussieren«, sagte er mit alberner Stimme in mein Ohr, bevor er mich erneut herumwirbelte.

Wir sahen bestimmt ein bisschen verrückt aus: Absolut niemand tanzte hier Paartanz. Aber es kümmerte mich nicht. Während wir tanzten, hielt er meinen Blick fest. Dann zog er mich noch enger an sich. Unsere Hüften bewegten sich eng aneinander im selben Rhythmus. Mir wurde noch schwindeliger. Ich hoffte, der Song würde lange dauern. Wir glitten über den Boden, ich spürte seinen ganzen Körper an meinem. Wir bewegten uns jetzt absolut synchron. Ich nahm weder das Lokal noch die Menschen um uns herum wahr, nur noch seinen Körper.

»Warum hast du heute nicht gebattled?«, sagte plötzlich jemand hinter uns.

Mikael ließ mich los. Ich drehte mich schnell um. Da stand Silje.

»Äh – warum?«, sagte Mikael außer Atem. »Ich schone mich für den Beat Star.« Dann grinste er sie breit an. »Du warst stark heute. Wahnwitzig gut.«

Sie verdrehte die Augen. »Ach, na ja. Josef ist nicht zu schlagen.«

Mikael nickte und grinste. »You bet.«

Erst jetzt schien Silje mich zu registrieren, obwohl sie Mikael ja gerade aus meinen Armen gezogen hatte. Sie reichte mir die Hand. Ihr Händedruck war kräftig und der Blick auch nicht gerade aus Samt.

»Donnerstags ist hier Lateinamerikanisch«, sagte sie und spielte damit offensichtlich auf die Salsa an, die wir gerade getanzt hatten.

»Amelie geht auf die *Valkyrie*«, sagte Mikael, als ob das irgendetwas erklärt hätte.
»Klassisch?«, fragte Silje.
»Eher Jazz und Modern Dance.«
»Merkwürdig, dass es Modern Dance heißt. Wo es doch schon vor fast hundert Jahren erfunden wurde«, sagte Silje.
»Wir tanzen auch zeitgenössischen Kram. Kontemporär«, sagte ich. Eigentlich benutzten wir diesen Begriff nicht einmal an der Schule, aber ich hoffte, das hochgestochene Wort würde ihr den Mund stopfen.
»Oh. Kontemporär in Spitzenschuhen?«
»Im Modern Dance haben wir keine Spitzenschuhe. Die sind fürs klassische Ballett.«
»Das war nur Spaß. Ich weiß das.«
Mikael verlagerte sein Gewicht von dem einen Bein auf das andere. Er merkte wohl, dass die Stimmung ziemlich angespannt war.
»Wie machst du das eigentlich?«, fragte er Silje plötzlich, vielleicht, um das Gespräch in eine andere Richtung zu lenken. »Ich meine, bei diesem *Thread* hier? Echt super Bodenarbeit!«
Silje ging in die Hocke.
»Das ist eigentlich gar nicht so schwer«, sagte sie.
Sie griff den einen Fuß mit der rechten Hand. Danach begann sie, das eine Knie schnell vor- und zurückzubewegen, rollte sich auf den Rücken und wieder zurück auf die Beine, während sie dabei ständig den Fuß festhielt. Eigentlich gar nicht so schwer? Es sah ganz und gar unmöglich aus.
Mikael begann zu erklären, womit er Probleme hatte. Silje wiederholte den Move langsamer.
Ich warf einen Blick auf die Uhr, aber nur zum Schein, denn ich

hatte mich schon entschlossen zu gehen. Schließlich hob ich die Hand. Es wurde eine ziemlich jämmerliche Geste.
»Tschüss.« Dann beeilte ich mich wegzukommen. Ich war schon beim Ausgang, als er mich einholte.
»Du hast das hier vergessen.« Er reichte mir die Tasche. »Das Kleid ist schön. Ich hoffe, ich sehe dich irgendwann mal darin.«
Ich nickte schnell und spürte, wie mir das Blut ins Gesicht stieg. Dann ging ich.

Der Verlierer

Ich erwachte davon, dass mir die Sonne das Gesicht erwärmte, und das war tatsächlich ziemlich schön. Mittlerweile hatte ich mich daran gewöhnt, ohne Gardinen zu schlafen. Ich spürte, dass ich lächelte, wusste aber nicht, warum. Dann erinnerte ich mich an Mikael. An sein Gesicht und an seinen Körper dicht an meinem. Salsa.
In diesem Moment klingelte mein Handy. Ich suchte auf dem Boden herum, bevor ich es fand. Axels Gesicht leuchtete mir auf dem Display entgegen.
Axel.
Ich hatte keine Lust, mit ihm zu sprechen. Ich hatte ja nicht gerade etwas Verbotenes gemacht ... aber ... ich würde ihm wohl trotzdem nicht von Mikael und dem Battle erzählen.
Rasch drückte ich auf »Ablehnen«.
Dann legte ich mich wieder hin. Draußen über dem Nachbarblock konnte ich einen blauen Himmel erkennen – und darüber verstreut ein paar vorsommerliche Wölkchen. Ich hatte keine Pläne für den Tag. Sollte ich einen Abstecher ins XL machen? Gucken, ob Mikael da war? Nein, das würde blöd aussehen. Das Beste war, sich fernzuhalten.
Erneut klingelte das Telefon.
Wieder er.
Das ging nicht – ich konnte doch nicht ständig meinen eigenen Freund abweisen.

Ich setzte mich im Bett auf und atmete tief ein.
»Hallo, du.«
»Hei. Wo bist du?«
»In der Wohn...« Ich hielt inne. »Ich meine zu Hause.«
»Wir warten hier alle auf dich.« Seine Stimme hatte scharfe Kanten.
»Oh, shit! War das heute?!«
»Ganz genau, Amelie. Heute.«
Ich setzte mich ganz auf, schwang die Beine aus dem Bett, warf die Decke von mir und stand auf.
»Ich komme.« Ich warf einen Blick auf die Uhr. »Gib mir zwanzig Minuten. Nein, eine halbe Stunde.«
»Ach Mann! Wir stehen doch schon alle hier. Die ganze Clique. Alle sind fertig.«
»Ich beeile mich.«
»Alle haben sich darauf gefreut. Außer dir – offensichtlich.«
»Entschuldige, Axel. Entschuldige! Könnt ihr nicht ohne mich fahren?«
Er schwieg. Dann sagte er tonlos: »Das ist es doch, was du eigentlich willst, oder?«
»Nein. Natürlich nicht!«
»Dann komm.«
»Ja. Ich mach schnell.«
Wir legten auf.
Ich wollte gerade mein Handy zur Seite werfen, als ich etwas entdeckte. Eine neue Freundschaftsanfrage auf Facebook. Ich öffnete sie.
Mikael lächelte mich an. Es war ein ganz normales Bild, aufgenommen in der Sonne draußen vor dem XL, nichts Draufgängerisches von irgendeinem Fest oder so. Mein Herz machte einen

Sprung. Unwillkürlich lächelte ich auch und war kurz davor, auf »Annehmen« zu drücken. Aber dann hielt ich inne. *Konnte* ich ihn überhaupt auf Facebook hinzufügen?

Alle würden sehen, dass ich mit jemandem befreundet war, den sie nicht kannten – ein Junge mit einem fremden Namen, dunkler Haut und der Adresse Stovner. Besonders Charlotte war neugierig. Sie würde anfangen, Fragen zu stellen: »Wer ist das denn eigentlich? Woher kennst du ihn? Echt süß. Aber ein bisschen Gangster, oder?«

Ich ließ die Anfrage stehen, beendete Facebook und legte das Handy weg. Ich musste los, um Axel und all die anderen zu treffen.

Und ich musste versuchen, Mikael zu vergessen.

Zum Duschen war keine Zeit mehr, ich warf einfach ein paar Sachen in eine Tasche – Windjacke, Badeanzug und Sonnenbrille. Meine Bewegungen waren hastig. Ich stolperte und stieß mit dem Zeh gegen das Bett. Der Schmerz schoss jäh durch das Bein. Ich musste ihn vergessen. So einfach war das. So einfach musste es sein. Sonnencreme und Handtuch. Ich hatte bestimmt etwas vergessen.

Idiotischer Ausflug. Ich hatte dazu jetzt keine Lust. Nicht heute. Aber ich hatte keine Wahl.

Papa kam aus dem Wohnzimmer, als ich gerade gehen wollte. Auch heute hatte er sich nicht rasiert. Graue Bartstoppeln bedeckten die Wangen, und der Morgenmantel hing lose an ihm herunter.

»Gehst du shoppen?« Er versuchte ein Lächeln.

»Es ist Sonntag«, sagte ich. Nicht einmal die Wochentage bekam er auf die Reihe.

»Ja, natürlich.«

»Aber wenn ich tatsächlich shoppen gehen wollte: Hättest du eine Vorstellung davon, mit welchem Geld ich das tun könnte?«, fragte ich scharf.

Er antwortete nicht, stand einfach nur da und wippte auf den Füßen, als wollte er etwas sagen.

Ich stopfte die restlichen Sachen in die Tasche und schloss sie mit einer raschen Bewegung. Erst als ich dabei war, meine Schuhe anzuziehen, kam es.

»Es wäre besser, wenn du richtig wütend wärst«, sagte er leise in Richtung meines Nackens, während ich die Schnürsenkel zuband.

Ich sah zu ihm hoch. »Vielleicht solltest du dich ausnahmsweise mal anziehen?«

Mit einer raschen, heftigen Bewegung zog er den Morgenmantel zu – als würde das etwas bringen.

»Dein Problem ...«, begann er.

»Ja, Papa. Was ist mein Problem?«

»Dass du immer ALLES bekommen hast.«

Ich trat einen Schritt auf ihn zu. Er zog also die Verwöhnte-Göre-Karte. Das war echt zu billig!

»Und wessen Schuld ist das?«, fragte ich.

»Ich ... ich würde nicht so viel Geld ausgeben, wenn es nicht für dich wäre.«

Ich konnte es nicht glauben – er stand da und gab mir die Schuld.

»Papa, ist es meine Schuld, dass du pleite bist?!« Ich schrie. Zum ersten Mal schrie ich ihn an.

Er antwortete nicht, sondern sah mich mit hartem Blick an. Ich starrte zurück. Ich erkannte ihn nicht wieder. Das war nicht mein Vater, der da stand, unrasiert und abstoßend, ungewa-

schen und mit Boxershorts, die unter dem Morgenmantel hervorguckten. Das war ein Verlierer. Ein Verlierer aus Stovner.
»Sieh dich an!«, rief ich.
Da begann sein Blick zu flackern. Sein Kinn zitterte, seine Augen wurden feucht. Als ich gehen wollte, griff er nach meiner Schulter. Seine Stimme wurde laut.
»Weißt du, was mit dir passiert, Amelie? Weißt du das?« Er machte eine Pause. Seine Augen verengten sich. »Du wirst genauso wie deine Mutter!«
Diesen Schlag hatte ich nicht erwartet. Er konnte viel zu mir sagen, aber *das* nicht. Die Worte gruben sich mir ein, gruben sich in etwas Großes, Offenes und Pulsierendes ein. Ich riss mich los, öffnete die Tür und lief nach draußen, bevor er meine Tränen sehen konnte.

Ritter Ida

Das Geräusch von Seilen, die gegen Masten aus Aluminium schlugen, ließ bei mir immer gute Laune aufkommen – das und der Geruch nach Diesel und Meer, Tang, der in der Sonne trocknete, Salz und Miesmuscheln. Aber nicht an diesem Tag.
Ich lief an der Frogner-Bucht entlang. Es hatte länger gedauert, von Stovner hier herunterzukommen, als ich gedacht hatte. Ich hatte angerufen und sie noch einmal gebeten, ohne mich zu fahren, aber das kam nicht infrage, sagte Axel. Er hatte den Ausflug schon lange geplant und hatte eine Überraschung für mich, meinte er.
Das Segelboot gehörte seit den 1950er-Jahren Axels Familie. Als ich das erste Mal mit dabei sein durfte, bekam ich von Axel eine Führung, die sämtliche Details beinhaltete. Und ich meine: SÄMTLICHE Details. Vom kleinsten Seil hoch oben am Mast bis zum Anstrich des Bootskiels. Es gab Honduras-Mahagoni, eine elektrische Steuerung, Sloop-Rigg (was auch immer das war), Spinnaker, Genua- und Horizontal-Segel, eine elektrische Ankerwinde, und so weiter und so weiter.
Als ich endlich ankam, saßen die meisten auf dem Vordeck, und ich hörte, dass Axel mitten in seinem Vortrag über das Boot war, den er von seinem Vater übernommen hatte.
»Sie« – Axel und seine Familie sprachen über das Boot immer wie über eine Frau – »wurde von dem bekannten Designer Cornú konstruiert. Ihre Hauptaufgabe war es, möglichst viele

der längeren Regatten im Mittelmeer zu gewinnen. Was sie auch getan hat.« Er klopfte aufs Deck. »Sie ist eine leicht zu segelnde Dame, ziemlich schnell und hat mehrere Male die Regatta im Oslofjord gewonnen, den Færdern.«
Charlotte unterdrückte ein Gähnen. Axel sah hoch und entdeckte mich. Er zeigte auf seine Armbanduhr.
»Du weißt, dass es so etwas wie Taxis gibt?«

Zum Glück war er nicht mehr sauer. Ich gab ihm einen langen Kuss – das half, wie so oft. Dann machten wir endlich Leinen los und segelten auf den Fjord hinaus. Es ging eine schöne Brise. Axel und Mads hissten die Segel. Bald lag das Boot gut im Wind, die Segel waren gebläht. Das Boot krängte leicht, wir saßen an Deck, jeder mit einem Sommerbier. Ich suchte mir einen Platz ganz vorne neben Ida, wandte mich um und sah nach hinten zu den anderen.
Wir waren fünf Mädchen und vier Jungen an Bord. Charlotte, Ida und ich, Ella und Caroline. Und Mads und Axel und zwei ihrer Kumpel. Alle waren schon sonnengebräunt. Die Jungen saßen da mit nacktem Oberkörper, Shorts, Segelschuhen und Konfirmations-Armbanduhren an ihren Handgelenken, die locker mehrere tausend Kronen wert waren. Die Mädchen trugen glitzernde Bikinis und Sonnenbrillen mit Strass.
Es war so weit weg von Stovner, wie man nur kommen konnte. Trotzdem hatte ich nur einen einzigen Gedanken im Kopf: Was tat Mikael, was machte er jetzt gerade?
»Hast du das Kleid zurückgebracht?«, fragte Ida, und ich wurde gezwungen, an etwas anderes zu denken. Ich knibbelte an dem Bieretikett – es löste sich von der Flasche.
»Es war reduzierte Ware.«

»Na und?«

»Deshalb ging es nicht.«

Ich legte das Etikett wieder auf die Flasche. Auf der feuchten Oberfläche klebte es fest.

»Aber du hattest es doch gerade erst gekauft.«

»Reduzierte Ware kann nicht zurückgegeben werden. Okay?!«

»Du hattest es doch nur zwei Stunden.«

»Trotz alledem ist das nicht DEIN Problem.« Ich wurde unvermittelt laut. Ich trank das Bier aus und warf die Flasche ins Meer.

Idas Wangenmuskeln verspannten sich.

Wir schwiegen. Ich hätte nicht so hart sein sollen, schaffte es aber nicht, noch etwas zu sagen.

»Wohnt ihr immer noch im Grand?«, fragte sie schließlich.

Ich schüttelte leicht den Kopf. Was sollte ich sagen?

»Wir ... Papa hat etwas anderes gefunden.«

»Und wo?«

»Irgendwo. Etwas weiter nördlich.« Sollte ich ihr davon erzählen? Von der engen, heruntergekommenen Wohnung? Davon, dass alles ganz, ganz anders geworden war? »Das spielt keine Rolle«, sagte ich nur. »Es ist ja nur für den Übergang.«

Die anderen lachten plötzlich laut. Ida und ich drehten uns nach ihnen um. Irgendetwas schien extrem lustig zu sein, denn alle krümmten sich im Cockpit vor Lachen. Bestimmt über irgendetwas, was Mads gesagt hatte. Besonders Axel prustete laut los – wie so oft, wenn Mads Witze machte.

»Warum hast du ihnen nichts gesagt?«, fragte Ida. »Nicht einmal Axel?«

»Weil ... Ich weiß nicht«, sagte ich leise. »Es ist einfach keine große Sache.«

Ida sah mich resigniert an.
»Amelie. Das ist es doch.«
»Papa ist dran. Bald ist es vorbei«, sagte ich. Meine Hände fühlten sich ohne Bierflasche leer an. Ich begann, an einem blauen Nylonseil herumzufingern, das in einem perfekten Taukranz auf dem Deck lag.
Ida sah mich an. Sie begriff. Dass ich sie anlog. Sie kannte mich zu gut.
»Amelie ...«
»Wollten wir heute nicht Spaß haben?« Ich zog am Ende des Tauwerks – es löste sich auf.
Sie seufzte. »Ich wollte nur sagen, dass ... Du brauchst nicht perfekt zu sein, damit Leute dich mögen.«
Plötzlich spürte ich einen Knoten in der Brust. Hier saß sie und wusste alles so sehr viel besser. Obwohl sie einen Scheiß wusste!
»Du würdest es ja auch keinem erzählen. Wenn es um dich ginge«, sagte ich hart.
Ida schwieg. Sie überlegte lang. »Doch. Das würde ich. Ich würde es erzählen«, sagte sie schließlich.
Ich wollte ihr antworten, sie anschreien, dass sie das nicht tun würde, dass das eine Lüge war – sie würde genauso dichthalten, wie ich es getan hatte. Aber ich antwortete nicht. Denn ich glaubte ihr. Ida war der ehrlichste Mensch, den ich kannte. Und der mutigste. Nur dann nicht, wenn es um Jungen ging. Und gerade deshalb, weil sie so mutig und ehrlich war, wurde ich rasend wütend auf sie. Nicht alle waren so wie sie! Aber das bekam sie nicht in ihren vernagelten Kopf.
»Denn du erzählst immer allen alles, Ida. Alles. Oder?«
Sie sah mich an, verstand bestimmt nicht, worauf ich hinauswollte.

»Hast nie Hemmungen, mit jemandem zu reden ... Oder, warte. Abgesehen von Jungs.«
»Amelie. Jetzt bist du unsachlich.« Sie setzte sich rasch auf.
Ich schob den Taukranz zur Seite. Nun war er kaputt.
»Wann hast du dich zuletzt getraut, mit einem Jungen zu reden, in den du verliebt warst?«, fuhr ich fort.
Sie zog die Knie an, saß verkrampft und angestrengt da.
»Ich meinte nur, dass ich finde, du solltest ehrlich sein«, sagte sie leise.
»Und ich meinte, dass ich finde, *du* solltest ehrlich sein«, sagte ich.
»Okay. Sind wir jetzt fertig?«
Aber ich war noch nicht fertig.
»Es gibt vielleicht einen Grund dafür, dass du nie einen Freund haben wirst«, sagte ich hart und stand auf. Das Seil blieb hinter mir in einem großen ungeordneten Haufen liegen. Ich ging nach hinten zu Axel ins Cockpit. Er stand hinter dem Ruder. Der Wind zerzauste die Haare auf seiner Stirn, seine Augen waren genauso blau wie die maritim anmutenden Kissen an Deck, die seine Mutter extra in England bestellt hatte. Ich küsste ihn. Legte meine Arme um seinen Hals, lehnte meinen Körper an seinen und gab ihm einen Zungenkuss. Ich sah, wie sich Ida vorne auf dem Deck wegdrehte. Ihre Augen waren blank.

Der Fast-Freund

Wir ankerten in einer Bucht und ruderten zu einem Strand. Axel hatte den Platz ausgesucht. Er kannte den Oslofjord wie seine Westentasche.

Es war enorm viel Bier an Bord. Ich wusste nicht, wer das alles besorgt hatte. Wir waren ja alle unter 18, aber es gab einige, die einen falschen Ausweis hatten. Außerdem hatten die meisten Weinkeller und Speisekammern zu Hause, die auf jeder Dienstreise aus Duty-free-Shops aufgefüllt wurden, sodass die Eltern häufig nicht merkten, wenn etwas verschwand. Es schien, als habe Mads freien Zugang – sein Vater war jede Woche in London. Charlotte auch.

Ich hielt mich im Cockpit bei Axel auf, bis wir da waren. Er hielt den Arm fest um mich geschlungen. Ab und zu wollte er mich küssen, und ich ließ ihn.

Das Bier rann mir nur so durch die Kehle. Ich aß nichts, hatte aber auch keinen Hunger. Es tat gut, zu trinken. Es war nicht mehr so wichtig, was danach sein würde – dass ich zurück nach Stovner und nach Hause musste und dass Birgitta mich morgen erneut vor der Klasse schlachten würde. Hier und jetzt ging es mir tatsächlich ziemlich gut, mit Sonne, Wind und Bier. Mit Ida hatte ich nicht mehr gesprochen. Sie hielt sich von mir fern – und ich tat auch nichts, um wieder Kontakt zu bekommen. Es war egal. Ich vermisste sie nicht.

Am Strand tanzten wir, Charlotte, Ella und ich. Axel hatte die

Anlage auf dem Schiff so laut gestellt, dass die Musik über die Bucht schallte.
Axel kam zu mir, legte seine Arme um mich und begann, mit mir zu tanzen. Axels Definition von tanzen war, die Füße dicht über dem Boden zu bewegen und sich so eng an mich zu drücken, wie es nur ging. Das Ganze sollte am besten in einer Knutscherei enden. So war es jetzt auch wieder. Er wollte sich eng und langsam bewegen, obwohl die Rhythmen schnell waren. Ich ließ ihn los, aber er griff wieder nach meiner Hand. Dann zog er mich von den anderen weg.
»Komm. Ich will dir was zeigen.«
Ich versuchte, mit ihm aus Spaß weiterzutanzen. Ich wollte bei den anderen am Strand bleiben, aber er zog mich einfach an der Hand.
»Komm schon.« Er führte mich in den Wald.
»Wohin gehen wir?«
»Wart's ab.«
Wir gingen weiter in den Wald hinein. Es wurde dunkler. Die Geräusche von dem Fest am Strand wurden langsam leiser. Seine Hand war klamm.
Der Boden war trocken, über uns schirmten gewaltige Tannen das Licht ab. Ich spürte das Bier in meinen Beinen und stolperte über eine Wurzel. Seine Hand war keine Stütze, ich entglitt ihm.
»Oje, entschuldige.«
Es gelang ihm, mich wieder auf die Beine zu bringen, bevor ich der Länge nach flach auf dem Boden lag. Wir gingen weiter, ohne uns an den Händen zu halten.
Dann wurde es lichter zwischen den Bäumen, der Wald öffnete sich. Vor uns lag ein dunkler See. Auf der Oberfläche schaukelten Seerosen. Hier war es ganz windstill, und das Wasser

spiegelte die Bäume in einer perfekten Kopie. Wir standen am Ufer. Der Waldboden unter uns war weich und moosbedeckt. Wie ein Bett. Axel stellte sich hinter mich und legte seine Hände auf meine Schultern.
»Ist das nicht schön?«
»Mhm.«
»Ich wollte gern, dass du das siehst. Ich habe noch nie jemanden hierher mitgenommen.«
Wenn er so stand, hinter mir, war es unmöglich, nicht an Mikael zu denken. Gestern Abend hatte er auch so gestanden. Aber er hatte nicht seine Hände auf meine Schultern legen können, so wie Axel es mit der größten Selbstverständlichkeit tat.
Axel beugte sich vor und küsste mich in den Nacken. Ich schloss die Augen. Wenn nur Mikael das hätte tun können. Axels Mund wanderte langsam den Hals hoch, zum Ohr. Seine Lippen waren vorsichtig und zart. Oder waren es Mikaels Lippen?
Ich hielt die Augen geschlossen. Er drehte mich vorsichtig zu sich und küsste mich. Nun war er leidenschaftlich, steckte die Zunge rasch in meinen Mund und ließ sie dort kreisen. Dann spürte ich seine Hände unter meinem Top. Sie arbeiteten sich zum Bikinioberteil hoch.
»Wir sind hier ganz allein«, flüsterte er.
Man hörte ein leises Klicken, als er den Verschluss des Bikinis öffnete. Seine Hände glitten über meine Haut. Ich kniff meine Augen fester zusammen. Sah Mikael vor mir, seine Hände, sein Gesicht. Seine braunen Augen. Seine Lippen, die mich küssten. Dann bewegten sich die Hände hinunter zu meinen Shorts.
»Ich denke die ganze Zeit an dich«, flüsterte er und begann, am Knopf herumzufingern, ungeduldig, mit hastigen Bewegungen. Er wollte mir die Kleider herunterreißen. Wollte alles haben.

Da öffnete ich die Augen. Mikael verschwand. Es war Axel, der vor mir stand. Ich sah die Poren in seiner Haut. Seine Nase glänzte. Sein Atem ging schnell, die Lippen waren feucht, in den Mundwinkeln hatte sich etwas Spucke angesammelt. Von Weitem sah er so gut aus, aber aus der Nähe passten seine Gesichtszüge nicht richtig zusammen. Er versuchte, mich auf den Boden zu ziehen, auf das weiche Moos, aber nun erwachte mein Körper und erstarrte.
»Was ist?«, fragte er. Seine Stimme war heiser.
Ich machte mich vorsichtig los.
»Nichts.« Ich schaffte es nicht, ihn anzusehen. Er hatte das alles geplant – es sollte perfekt sein. Romantisch, etwas, an das man zurückdachte. Nicht betrunken auf einem Fest, in einem Elternbett, während Leute in der Etage darunter grölten, nuschelten und sich übergaben. Stattdessen im Wald, am schönsten Ort, den er kannte. Ganz allein. Und nüchtern. *Er* war nüchtern – so schien es jedenfalls.
»Amelie? Was ist los?«
»Können wir nicht zu den anderen zurückgehen?«
Ich sah zu ihm hoch. Jetzt war er wütend. Und enttäuscht. Ich trat wieder einen Schritt auf ihn zu, aber sein Blick ließ mich innehalten.
»Macht das hier eigentlich irgendeinen Sinn?«
Mir wurde kalt. »Was meinst du?«, fragte ich.
»Mit uns?«
Ich sah ihn an. Die Kälte breitete sich bis zu den Fingerspitzen aus. Machte er Schluss?
»Ich habe keine Lust mehr, dein Fast-Freund zu sein«, sagte er ruhig.
»Fast-Freund?«

»Die eine Sache ist, dass du ganz offensichtlich keine Lust auf mich hast. Das ist traurig«, fuhr er fort. »Aber das Schlimmste ist eigentlich, dass du mit mir über nichts sprichst. Über gar nichts.«
»Entschuldige! Ich weiß, ich bin manchmal ein bisschen …«
»Du brauchst nichts zu sagen! Es tut nichts zur Sache.«
»Nein …«
»Ich habe keine Ahnung, was in deinem Kopf vorgeht, Amelie.« Er schluckte. »Ich habe das Gefühl, dein Vater könnte sterben, ohne dass du mir davon erzählst.«
Ich wusste nicht, was ich antworten sollte. Er hatte ja recht.
»Es ist nur so, dass ich … auf dein ganzes Ich Lust habe«, sagte er schließlich.
Ich schaffte es nicht, ihn anzusehen, denn ich wusste, dass es genau *das* war, was ich ihm nicht geben konnte.

Komm aufs Dach

An diesem Tag sprachen wir nicht mehr miteinander. Sobald wir zu den anderen an den Strand zurückkamen, begann Axel zusammenzupacken. Seine Bewegungen waren rasch, sein Mund angespannt.

Den gesamten Weg zurück saß ich mit Ella und Charlotte auf dem Vordeck. Der Wind frischte auf. Das Bier war aus meinem Blut verschwunden. Mich fröstelte. Hinter dem Ruder stand Axel, breitbeinig, mit Kapitänsblick. Er ließ die Segel herunterholen und startete den Motor, drückte das Boot gegen den Wind, sodass die Wellen hart gegen den Rumpf schlugen. Ganz offensichtlich wollte er nur noch nach Hause. Er sah nicht zu mir her – nicht ein einziges Mal auf der gesamten Tour wandte er mir seinen Blick zu.

Als wir an Land waren, erfand ich eine weitere Lüge. Ich hatte das Zählen aufgegeben. Ich sagte, dass ich mich mit Papa im Theatercafé zum Essen treffen würde, und so blieb es mir erspart, mit den anderen Bus und Straßenbahn Richtung Westen zu nehmen.

Erst als ich in der Bahn nach Stovner saß, konnte ich richtig durchatmen. Mir war immer noch kalt, alles war salzig und klamm. Der Wind und die Feuchtigkeit von der See saßen in meinem Körper, aber hier drinnen wurde ich langsam warm. Die Kälte ließ mich los.

Die Bahn rüttelte sich durch die Tunnel. Draußen vor den Fenstern war es schwarz. Ich sah mein Spiegelbild, bemerkte die Perlenohrringe. Ich trug sie immer. Alle Mädchen bei uns machten das so. Ich hob meine Hand zum Ohr. Wie würde ich mich ohne sie fühlen? Langsam nahm ich sie ab und steckte sie in die Tasche. Ich sah nackt aus, irgendwie entblößt. Trotzdem ließ ich sie dort – in der Tasche.

War Schluss zwischen Axel und mir? Ich wusste es nicht. Und was war mit Ida? Es war, als würden sie mir entgleiten – die zwei, die so wichtig für mich gewesen waren. So wie auch Papa sich mehr und mehr von mir entfernte. Würde ich sie verlieren? Hatte ich sie schon verloren? Der Gedanke hätte mich panisch machen müssen, aber nichts passierte. Ich fühlte mich wie gelähmt.

Das Handy lag auf meinem Schoß. Ich ging auf die Facebook-Seite. Mikael lächelte mir entgegen, die Freundschaftsanfrage war offen. Mein Finger strich über das Display, und bevor ich darüber nachdenken konnte, hatte ich auf »Annehmen« gedrückt. Er war sofort da. Das Chatfenster öffnete sich, bevor ich registriert hatte, dass er online war.

»Hei ☺«, schrieb er. »Busy?«

»Nein«, antwortete ich. »In der Bahn. Bin gleich da.«

»In Stovner?«

»Ja.«

»Am Arsch der Welt?«

»Genau ☺«

»Du hast gesagt, du könntest mir beibringen, wie man fokussiert?«

»Ja.«

»Super. Komm zu mir aufs Dach.«

»Jetzt?«

Aber es kam keine Antwort. Er hatte sich schon ausgeloggt.

Ich joggte von der U-Bahn bis hinauf zu unserem Block, nahm den Fahrstuhl in die oberste Etage und trat auf einen langen Gang hinaus. Am Ende sah ich eine Treppe. Ich war nicht einmal sicher, ob es *dieses* Dach war, das er gemeint hatte – das Dach von unserem Block. Ich war die ganze Zeit über online geblieben, aber er hatte sich nicht mehr gemeldet.

Zögernd ging ich die Treppe hinauf. Sie war aus Metall, wie eine Feuertreppe. Meine Füße erzeugten im Korridor einen Widerhall. Ganz oben war eine schwere Eisentür. Ich öffnete sie und war draußen.

Das Dach lag groß und offen vor mir. Leer. War er gar nicht hier? Der Verkehr von der Autobahn war nur ein schwaches Brausen, das vom Gezwitscher der Vögel und dem Sommerwind in den Bäumen übertönt wurde. Ansonsten war alles ganz still.

Ich ging ein paar Schritte aufs Dach hinaus. Von hier konnte ich alles überblicken. Die Aussicht war fast besser als von meinem alten Zimmer aus. Die Abendsonne färbte den Himmel. Vereinzelt wurden Lichter angezündet, aber trotzdem ertranken die Gebäude in all dem Grün.

Plötzlich löste sich jemand aus dem Schatten hinter einem Lüftungsschacht. Er kam hervor und blieb direkt vor mir stehen. Das coole Grinsen war verschwunden, jetzt lächelte er mich einfach nur an.

»Du bist gekommen.«

Blickpunkt

»Mach deinen Rücken gerade.«
Ich imitierte ihn – die schlaffe Haltung, den schlendernden Gang, der lässig aussah, aber tatsächlich sorgfältig einstudiert war. Er lachte und versuchte, seinen Rücken zu strecken.
»Vielleicht bin ich einfach so?«
Ich nahm seine Schultern und zog sie nach hinten.
»Das hättest du wohl gerne.«
Nun stand er endlich ziemlich gerade.
»Und auf acht machst du dieselben Schritte wie ich.«
Nach der Musik, die aus dem kleinen Lautsprecher kam, den er an sein Handy angeschlossen hatte, zählte ich vor.
»Fünf, sechs, sieben, acht.« Ich machte ein paar Schritte. Er versuchte, sie nachzumachen. »Streck den Spann.« Seinem Körper fehlten irgendwie die Linien. »Noch mehr.« Ich zog an seinem Fuß und fühlte mich plötzlich wie Birgitta. Der Gedanke brachte mich zum Lachen.
»Lachst du über mich?«, fragte er.
»Nein, nicht über dich.«
»Das könnte ich gut verstehen.«
»Eigentlich mehr über mich.« Ich korrigierte sein Kinn. »Glaubst du, ich könnte eine gute Pädagogin werden?«
»Vielleicht etwas streng.«
»Hoch mit dem Bein.«
»Au!«

»Hoch!«
»My point exactly.« Er lächelte und hob das Bein noch ein kleines Stück höher.
»Wir machen weiter. Sieben, acht.«
Er schwitzte und strengte sich an, gab aber nicht auf.
»Das Kinn muss höher sein.« Ich richtete seinen Kopf hoch.
»Denk dir eine Linie, die durch deinen Körper geht.«
»Die habe ich aber nicht.«
»Klar hast du eine Linie. Aber deine ist nicht gerade. Komm. Noch einmal. So.«
»Sklaventreiberin.«

Die Sonne ging unter, es wurde dunkel, aber ich nahm es kaum wahr. Wir tanzten, und er wurde immer besser. Er nahm alles unglaublich schnell auf! Der B-Boy war verschwunden. Vor mir stand ein aufrechter Ballettjunge. Keiner würde auch nur mit der Wimper zucken, wenn er an einer Unterrichtsstunde in der *Valkyrie* teilnehmen würde. Abgesehen von seiner Kleidung vielleicht – die würde er wohl wechseln müssen.
Alles, was ich ihm beibrachte, schaffte er. Alles – mit einer Ausnahme: zu fokussieren.
»Den Blick auf einen Punkt heften.«
Er drehte sich, aber es gelang ihm nicht – er verlor das Gleichgewicht.
»Auf einen Punkt, habe ich gesagt.«
Er versuchte es wieder. Dieses Mal ging es besser.
»Jetzt kombinierst du das mit der *Windmill*.«
Er rotierte auf dem Boden, aber ihm war nach der Pirouette so schwindelig, dass er wieder das Gleichgewicht verlor.
»Und wieder hoch. Fokus. Den Blick auf einen Punkt.«

»Hast du gesagt, auf einen Punkt?« Er lächelte mich an, und ich stellte fest, dass er die Bedeutung nun wohl verstanden hatte.

Ich weiß nicht, wo die Nacht geblieben war. Aber am Ende waren wir beide so erschossen, dass wir einfach auf dem Beton liegen blieben und nach Luft rangen. Über uns blinkten ein paar bleiche Sommersterne. Es begann, hell zu werden.
Als wir wieder Luft hatten, setzten wir uns auf. Wir lehnten uns an den Lüftungsschacht und wandten unsere Gesichter der Stadt zu, die weit unter uns lag. Und allmählich begannen wir zu reden.
Über Stovner. Warum ich hier gelandet war. Über Papa und das, was er getan hatte.
Über Mikaels Eltern, die in den 1980er-Jahren aus dem Iran nach Norwegen gekommen waren und hier oben in eine funkelnagelneue Blockwohnung gezogen waren. Über seinen Vater, der Sanitäter im Aker-Krankenhaus war, und seine Mutter, die in einem Kindergarten arbeitete und Vorschullehrerin werden wollte, sobald sie gut genug Norwegisch konnte. Über die zwei kleinen Geschwister, mit denen er sich ein Zimmer teilte – dass sie anstrengend und nervig waren, aber dass ihm das nichts ausmachte – also: das Zimmer mit ihnen zu teilen. Er fand es schön, zusammen mit anderen aufzuwachen.
»Und du?« Er sah mich an.
»Äh ... was meinst du?«
»Wo habt ihr gewohnt, bevor ihr hierhergekommen seid?«
»Einfach in einem Haus«, sagte ich leise und merkte plötzlich, dass ich verlegen wurde.
»Groß?«
»Nein. Ganz normal«, log ich.

Er grinste. »Ein *bisschen* groß war es doch bestimmt, oder?«
»Ein bisschen«, musste ich einräumen.
»Sehr?«
Ich nickte. »Wir hatten einen Pool«, sagte ich schließlich und musste lächeln.
»Pool. Nicht schlecht.« Er sah mich neckend an.
Ich spürte, wie mir das Blut in die Wangen stieg.
»Besonders straßentauglich bist du nicht gerade«, lächelte er.
»Nein ...«
»Aber du bist auf einem guten Weg.«
»Danke. Vielleicht.«
Wir lachten ein bisschen.
Dann schwiegen wir. Ich merkte, dass er mich ansah, er lächelte nicht mehr. Ich wandte ihm mein Gesicht zu, doch da schlug er seine Augen nieder.
»Seit wann tanzt du?«, fragte er schließlich.
»Ich habe mit klassischem Ballett angefangen, als ich fünf war. Und als ich zehn wurde, habe ich zu Jazztanz und Modern Dance gewechselt. Und du?«
Er strich sich durch das schweißnasse Haar und lächelte leicht.
»Das Erste, woran ich mich erinnere, ist, wie ich mich zu Hause im Wohnzimmer um mich selbst gedreht habe – zu Michael Jackson.«
Ich lachte. »Wie die Kids auf der Straße?«
»Ich war noch jünger«, sagte er. Er wurde ernst. »Aber irgendwann habe ich dann lieber woanders getanzt. Eigentlich überall sonst.«
»Was meinst du?«
»Nur nicht zu Hause.«
»Warum?«

Er warf mir einen raschen Blick zu und verzog bedauernd sein Gesicht. Und plötzlich begriff ich.
»Oh. Deine Eltern finden das nicht gut?«
»Nein.« Er sah nach unten. »Man wird Wirtschaftswissenschaftler. Arzt. Oder Ingenieur. Aber was man auf KEINEN Fall wird – ist Tänzer.«
Für mich klang das total absurd. Mein ganzes Leben lang war ich dazu ermuntert worden zu tanzen.
»Auf der *Valkyrie* setzen solche wie du alles darauf«, sagte ich.
»Solche wie ich?«
»Die so gut sind.«
Errötend sah er auf. »Das nehme ich als Kompliment.«
»Tu das«, sagte ich.
Dann fiel ihm etwas ein, und er nahm sein Handy in die Hand. »Guck mal.« Er suchte nach einer Seite und zeigte sie mir. Es war eine Ausschreibung auf der Website der Oper:

Bist DU das neue Talent?
Wir suchen junge Männer im Alter von 16 bis 25 Jahren für eine Inszenierung der *West Side Story* im Herbst.
Audition (offen für alle): Samstag, 22. Juni, 12–15 Uhr

»Da musst du hin!«, sagte ich.
Er steckte sein Handy in die Tasche. »Ich weiß nicht ...«
»Was ist das Schlimmste, was passieren kann?«
Als Antwort schnitt er eine Grimasse. »Dass ich weiterkomme?«
»Was werden sie dann sagen? Deine Eltern?«
»Genau.«
»Du MUSST«, sagte ich und sah ihn direkt an.
Er nickte langsam. »Vielleicht.«

Der Himmel wurde allmählich rosa. Ich wusste nicht, was ich sagen sollte. Ich hatte keine Lust, nach Hause zu gehen, obwohl ich eigentlich hätte schlafen müssen. Es waren nur noch ein paar Stunden bis zum Unterrichtsbeginn.
Dann spürte ich etwas. Seine Hand. Er hatte sie ausgestreckt und meine genommen. Mein Herz, das sich nach dem Tanzen endlich beruhigt hatte, begann wieder unter Hochdruck zu arbeiten. Seine Finger hielten meine umschlossen, ganz sanft und ruhig. Mehr tat er nicht. Seine Hand blieb einfach da.
Ich weiß nicht, warum ich endlich meinen Mut zusammennahm. Ich glaube, es war seine Hand, die mich dazu brachte. Ich brauchte etwas, woran ich mich festhalten konnte, um über das zu sprechen, was mir auf der Seele lag. Solange er mich festhielt, hatte ich den Mut.

Mama

»Meine Mutter ist auch Tänzerin«, sagte ich langsam. »Oder ... sie war es.«

Er sah mich überrascht an, sagte aber nichts, sondern wartete einfach auf die Fortsetzung. Vielleicht begriff er, dass das, was jetzt kam, wichtig war.

»*Meine* erste Erinnerung sind ihre Spitzenschuhe auf dem Parkettboden der Oper.« Der Gedanke daran ließ mich lächeln. »Ich fand, sie sei die Beste auf der ganzen Welt. So wie sie sich drehte ... über den Boden schwebte. Ich wollte nichts anderes, als genauso zu werden wie sie.«

Ich konnte nichts mehr sagen. Mein Hals tat mir weh – irgendetwas saß dort fest. Er drückte meine Hand. Und ich hielt seine fest umklammert. Endlich schaffte ich es, fortzufahren.

»Sie setzte alles daran, an die Spitze zu kommen. Ich erinnere mich nicht, dass sie je zu Hause war. Kuchenbacken oder so gab es bei uns nicht. Ich erinnere mich nur daran, dass wir im Saal saßen und ihr zusahen. Und an die Pausen. Da durfte ich in die Garderobe, und sie umarmte mich. Sie roch nach Schweiß und Haarspray ...« Ich schluckte. »Und nach Mama.«

Mikael sah mich an, aber er sagte nichts – er gab mir die Zeit, die ich brauchte.

»Aber sie kam nie dorthin, wohin sie wollte. Erst jetzt, wenn ich darüber nachdenke, weiß ich, dass ihre Schuhe nicht die einzigen auf diesem Parkett waren. Sie waren immer Teil einer langen Reihe. Nie war sie es, die die Hauptrolle tanzte.« Ich atmete tief ein und hoffte, dass die Luft auflösen würde, was im Hals festsaß.

»Ein einziges Mal schaffte sie es. Ich erinnere mich daran, wie sie mitten auf der Bühne stand – in einem Meer aus Blumen.« Ihr Gesicht dort oben – das war ein Bild, das ich immer in mir tragen würde. »Sie glaubte, das sei der Anfang, nun würde es endlich richtig beginnen.« Ich kämpfte mit den Worten. »Aber tatsächlich war es das Ende.«

Ich musste aufhören. Eine Weile konnte ich nichts mehr sagen. Seine Hand legte sich schützend über meine. Endlich schaffte ich es, weiterzuerzählen.

»In der nächsten Vorstellung war sie wieder zurück in der langen Reihe. Sie bekam nie wieder irgendwelche Hauptrollen.«

Er sah mich fragend an.

»Ich weiß nicht, warum. Zu dem Zeitpunkt begriffen wir ja noch nicht, dass es das Ende war. Denn das Ende – das dauerte lang. Viele Jahre.« Ich schluckte ein paarmal. »Und in dieser Zeit hat sie irgendwie alles verloren. Alles und alle.«

Der Druck war so groß, und es tat so weh, dass ich mich vorbeugen und mich anstrengen musste, alles bei mir zu behalten. Ein paar tiefe Schluchzer wollten heraus, aber ich zwang sie hinunter.

Mikael legte seinen Arm um mich und zog mich an sich. So blieben wir eine Weile sitzen, ganz still. Er hob seine Hand und strich mir vorsichtig übers Haar.

Der Druck nahm langsam ab. Das Herz arbeitete wieder normal. Es tat gut, seinen Arm zu spüren und zu wissen, dass er da war und nichts von mir wollte. Dass wir so sitzen konnten. Lange.

Gerade als die Sonne aufging, schaffte ich es endlich, aufzustehen.
»Ein letzter Versuch?«
»Muss das sein?«, stöhnte er.
Ich antwortete nicht, machte einfach die Musik wieder an und stellte mich vor ihn hin.
»Such dir einen Punkt, auf den du deinen Blick heften kannst.«
Er sah mich an. »Hab ich.«
»Dann hefte deinen Blick darauf!«
Er fuhr fort, mich anzusehen. Eine ununterbrochene Linie ging von seinen Augen zu meinen.
»Bin schon dabei.«
Ich wurde rot, hielt seinem Blick aber stand.
Dann warf er sich hinein, ein letztes Mal. Er setzte alle Schritte zusammen, die ich ihm beigebracht hatte, fügte zwischendurch Eigenes hinzu – eine *Windmill*, einen *Six-step*. Zum Schluss richtete er den Nacken auf, streckte den Rücken und heftete wieder seinen Blick auf mich. Dieses Mal schaffte er es. Mit dieser Pirouette hätte er auf einer Bühne stehen können.

In einer Blase

Ich saß ganz hinten in der Umkleide und wich allen Blicken aus, während ich mich umzog. In diesem Moment kam Ida zu mir – das erste Mal seit der Bootstour. Ich hoffte, wir würden wie vorher miteinander reden – einfach und normal. Aber ihr Blick verriet mir, dass es sich um etwas ganz anderes handelte. Um Geld.
Die Woche war einfach zerronnen. Jeden Nachmittag traf ich Mikael. In der Schule hatte ich Methoden gefunden, den anderen auszuweichen.
Zum Unterricht erschien ich im allerletzten Moment, aber nie wirklich zu spät. Ich ging zur Toilette, wenn die anderen sich umzogen. In den Pausen schob ich Arbeiten und Hausaufgaben vor und setzte mich in die Bibliothek.
Ich befand mich in einer Blase, und diese bestand aus nur einem Ziel: so schnell wie möglich zurück nach Stovner zu kommen. Zu Mikael. Noch nie zuvor hatte ich die Hausaufgaben so rasch und konzentriert erledigt, ich schaffte alles – um möglichst viel Zeit mit ihm verbringen zu können. Wenn wir tanzten, wenn wir zusammen auf dem Dach standen oder vor dem Spiegel im Übungsraum vom XL, erlebte ich endlich wieder die Wärme, die den Körper durchflutete – eine Wärme, die ich lange Zeit nicht gespürt hatte. Das Blut, das von den Zehen durch den Bauch bis zum Herzen strömte. Und weiter zum Gehirn, das richtig leicht wurde – ohne Platz für irgendeinen Gedanken. Ein Gefühl, das

besser war als jedes andere. Und es wurde noch besser dadurch, dass dieses Gefühl uns beiden gehörte – Mikael und mir.

Axel suchte keinen Kontakt. Er rief weder an noch meldete er sich per SMS. Ich traf ihn auch nicht zufällig – in der Schule war ich ja nie draußen. Ein paarmal sah ich ihn aus dem Augenwinkel im Schulhof. Er stand mit Mads und den anderen zusammen. Ich hörte sein Lachen, sah seinen Hinterkopf – mehr nicht. Es war so einfach, Axel auszuweichen, so leicht, als ob wir nie zusammengewesen wären. Erst am Mittwochabend bemerkte ich, dass er seinen Status auf Facebook verändert hatte. Er war Single. Single. Ich starrte auf das Wort. Es hatte keine Bedeutung für mich, machte nichts mit mir. Ich wollte gerade ins XL hineingehen, als ich es entdeckte – etwas außer Atem, nach einem kleinen Lauf von der U-Bahn-Station. Eigentlich wollte ich nur kurz Charlottes Einladung zur Party am Wochenende akzeptieren. Sie hatte nachgebohrt.

»Kommst du nicht oder was?«

»Ich kann doch wohl kommen, auch wenn ich vergessen habe, bei Facebook auf ›Nehme teil‹ zu drücken?«

»Das weiß ich doch nicht. Du bist tagsüber ja ein totaler Einzelgänger.«

Und sie hatte recht. Ich hoffte eigentlich, dem ganzen Fest entrinnen zu können. Denn Axel würde garantiert kommen. Und jetzt, wo wir, für alle offensichtlich, nicht mehr zusammen waren, war es noch schlimmer.

Es war schwerer gewesen, Ida auszuweichen als Axel. Denn während er einfach aus meinem Kopf verschwunden war, tauchte sie in meinen Gedanken auf, ohne dass ich darauf Einfluss hatte.

Auf dem Weg zur U-Bahn zum Beispiel. Direkt neben der Station stand ein Kiosk – ein einfacher Kiosk, der Zeitungen und Süßigkeiten verkaufte und ein Softeis, von dem Mikael behauptete, es wäre das beste der ganzen Stadt. Eines Morgens hatte der Kioskbesitzer ein Schild ins Fenster gestellt: »Aushilfe gesucht«. Ich war gut in der Zeit und blieb stehen. Ich hatte nie zuvor gejobbt, und hier bot sich nun die Möglichkeit, das Geld zu verdienen, das ich von Ida geliehen hatte. Aber sollte ich in einem so billigen Kiosk stehen? Zigaretten an Leute verkaufen, die Stütze bekamen, Kautabak an Schule schwänzende Jugendliche und Pornomagazine an schmierige Männer in braunen Mänteln, und das alles im Gestank von Wiener Würstchen und halb vergammeltem Obst? Allein vom Gedanken daran wurde mir schlecht. Außerdem hatte ich keine Zeit. Zwischen Hausaufgaben, Training und Mikael fand sich keine freie Minute – keine einzige. Das musste ich irgendwie auf andere Weise regeln.

Ich hätte versuchen können, Papa zu fragen. Aber ich konnte nicht. Wie sollte ich ihm erklären, dass ich mir 2000 Kronen geliehen und mir ein Kleid gekauft hatte? Ein weiteres Sommerkleid, obwohl die Dinge so lagen, wie sie lagen? Im Übrigen beinhaltete eine solche Frage auch, dass ich tatsächlich mit ihm reden musste. Und das tat ich nicht mehr.

Das Einzige, was ich von ihm sah, war sein Rücken auf dem Sofa, seine Silhouette gegen das Fenster oder sein Profil, wenn er vor dem Fernseher saß. Manchmal war Essen im Kühlschrank, dann wusste ich, dass er draußen gewesen war und eingekauft hatte, und dass er bestimmt wenigstens *etwas* Geld bekommen hatte – vielleicht vom Sozialamt.

Ich versuchte, so spät nach Hause zu kommen, dass er sich schon schlafen gelegt hatte, und so früh aus dem Haus zu gehen, dass er noch nicht auf den Beinen war. Ab und an legte er mir ein paar Zwanzig-Kronen-Münzen hin. Und einen Zettel, auf dem »Fürs Mittagessen« stand. Und wir schickten uns zwischendurch kurze SMS. In meinen stand im Großen und Ganzen immer das Gleiche: Komme spät. Amelie. Und seine ähnelten sich auch ziemlich: Danke, dass du Bescheid gibst. Papa. Das war die einzige Kommunikation, die wir hatten.

Nun stand Ida über mir, und sie war nicht zu mir gekommen, um sich mit mir zu vertragen oder sich für den Streit auf dem Boot zu entschuldigen. Sie sagte nicht einmal »Hei«, sondern legte sofort los.

»Ich hab mein Konto gecheckt.«

»Ja? Und?«

»Du hast gesagt, es sei nur für ein paar Tage.«

Ich nickte schnell.

»Ich muss SPÄTESTENS am Montag überweisen. Das habe ich dir doch gesagt!«

»Ich kümmere mich darum«, sagte ich, ohne zu ahnen, wie ich das bewerkstelligen sollte. »Ich verspreche es dir. Ich bringe das in Ordnung.«

Der Bruch

Ich rannte den ganzen Weg von der U-Bahn zum XL. Die Beine fühlten sich leicht an, den Rucksack, der gegen meinen Rücken schlug, spürte ich kaum. Es war Freitag. Für diese Woche war ich mit der Schule fertig, fertig mit den Hausaufgaben, vor uns lag das freie Wochenende. Ein ganzes Wochenende, um gemeinsam zu tanzen, Mikael und ich. Später sollte ich eigentlich noch auf Charlottes Fest, aber ich wollte lieber hierbleiben – mit ihm.
Aus dem Probenraum drang Musik. Ich öffnete leise die Tür, blieb stehen und sah ihm zu, während ich wieder zu Atem kam. Er tanzte konzentriert und war so mit sich selbst beschäftigt, dass er mich nicht registrierte.
Fünf Tage lang hatten wir gemeinsam trainiert, und ich hatte nie zuvor jemanden gesehen, der sich so schnell entwickelte. Kraft und Koordination hatte er schon vorher besessen, aber seinen Körper in ganz andere Muster hineinzupressen, so wie es der Jazztanz von ihm forderte, und diese neuen Bewegungen dann auch noch mit denen zu koordinieren, die er schon beherrschte – dem Breaking –, das war ganz einfach beeindruckend.
Und nicht nur das. Er hatte auf der Tanzfläche einen Ausdruck und eine Präsenz, die ich früher nur bei Profis gesehen hatte – bei den wirklich besten Tänzern. Mikael trug eine Gabe in sich, und wenn er diese Gabe wegwarf und Ingenieur wurde, dann war das nicht nur ein bisschen zum Weinen, sondern tatsächlich so schlimm, dass man sich nur noch auf die Erde legen und wie

ein kleines Kind schreien und mit Armen und Beinen strampeln konnte. Ich wollte jedenfalls meinen Teil dazu beitragen, damit *das* nicht passierte.

Gemeinsam hatten wir eine Choreografie für ihn zusammengestellt. Sie war noch nicht ganz unter Dach und Fach, aber kurz davor. Ich wollte, dass sie seine Bandbreite zeigte, deshalb hatten wir Schritte aus dem Jazztanz, Modern, Breaking und House kombiniert. Gerade tanzte er sich hindurch. Der Abschluss war ein *Freeze* – etwas, was ich ihm nicht nachmachen konnte. Eine Pose wie eingefroren, mit dem Kopf auf dem Boden, auf die Arme gestützt und die Beine hoch in der Luft.

Ich wollte gerade in den Raum hineingehen und ihn loben, als jemand applaudierte. Silje trat vor. Sie hatte weit hinten im Raum gestanden, verdeckt von der Tür, die ich geöffnet hatte, deshalb hatte ich sie nicht gesehen.

»Super, Mikael!«, sagte sie und stahl mir meinen Kommentar.

Ich kam auch näher. »Mhm. Das war wirklich gut.«

Er sah vom einen zum anderen.

»Hei, Amelie. Du bist früh dran.«

Die Luft wurde auf einmal ziemlich dick.

»Hei«, sagte ich und warf Silje einen Blick zu. Was machte sie hier?

Er erriet wohl, was ich dachte.

»Silje hat mir bei ein paar Übergängen geholfen«, sagte er.

»Cool.« Ich versuchte ein Lächeln, spürte aber, dass es steif und höflich wurde. Sie hatte ihm auch geholfen. Dazu hatte sie ja auch jedes Recht. Und er hatte jedes Recht, sich von ihr helfen zu lassen. Es gab keinen Grund, weshalb mein Herz sich zusammenziehen sollte. Trotzdem hatte es plötzlich die Größe einer Erbse.

Silje sah von mir zu Mikael. Dann grinste sie und nahm ihren Rucksack hoch.

»Tja, das wird mir jetzt eine Spur zu schräg.« Sie ging zur Tür.

»Okay, Leute. Ich glaube, ich hau ab.«

Die Tür glitt hinter ihr ins Schloss.

Ich war vielleicht zu naiv gewesen, zu glauben, dass ich die Einzige war, die ihm half. Dass er auf irgendeine Weise mein Schüler war. Aber für ihn stand mehr auf dem Spiel, das war klar. Er wollte zu einer Audition, er brauchte all die Hilfe, die er bekommen konnte. *Sein ganzes Leben* stand für ihn auf dem Spiel, und da konnte er natürlich nicht nur auf mich setzen. Es gab nichts, worüber man sauer sein konnte, oder traurig ... oder eifersüchtig.

»Du ...« Er kam einen Schritt auf mich zu und lächelte schief – als fände er es ein bisschen lustig, dass ich dastand und meine Schuhe anstarrte – mit feuchten Augen und Erbsenherz.

Die Anlage spielte jetzt einen neuen Song. Es war wieder *Don't Sweat the Technique*. Er streckte seine Hand aus und sah mich an – mit Hundeblick, anders konnte man das nicht nennen. Es war fast, als würde er wie ein Welpe winseln, natürlich nur aus Spaß. Trotzdem konnte ich nicht anders, als seine Hand zu nehmen. Und wenn er so lächelte, musste ich auch lächeln. Langsam wurde mein Herz wieder größer.

Keiner musste mehr etwas sagen. Wir mussten nur tanzen. Dieses Mal zusammen. Seit der Salsa hatten wir das nicht mehr versucht. Damals hatten wir keine andere Form gefunden. Deshalb starteten wir also auch jetzt mit Salsa, das hatte sich bewährt. Aber schon bald kamen andere Schritte hinzu: Wir bauten seine Choreografie ein, ich improvisierte ein paar Schritte aus dem Jazz, er fügte einen Breakmove hinzu. Wir fühlten uns sicher und traten uns nicht gegenseitig auf die Zehen. Jeder Move saß. Und wir tanzten immer enger. Sein Körper kam mir immer näher und näher. Schließlich waren wir eine einzige Bewegung. Eine einzige Welle, die durch den Raum glitt. Die sich immer langsamer bewegte.

Aber obwohl wir langsamer tanzten, ging mein Atem schneller und nicht mehr im Rhythmus. Ich konnte seinen Atem hören und spüren. Er kitzelte mich am Hals, im Ohr. Seine Lippen waren nur Millimeter von meiner Haut entfernt.

Zuletzt standen wir fast ganz still.

Er hielt meinen Blick fest. Unsere Gesichter waren ganz dicht beieinander. Ich nahm ihn, sein Gesicht, ganz in mich auf und fand kein einziges Detail, über das ich nicht gerne mit meinem Finger gestrichen oder das ich nicht gerne berührt hätte. Und geküsst.

Er beugte sich über mich. Jetzt geschah es. Jede einzelne Zelle meines Körpers wollte es. Jetzt.

Aber irgendetwas hemmte mich. Ein leises Raunen in meinem Gehirn. Wenn ich ihn jetzt küsste – was würde passieren? Würden wir ein Paar werden? Sollte ich ihn in den Schulhof mitnehmen und ihn Ida, Ella und Caroline vorstellen? Und Charlotte?

Er war ganz anders als alle auf der *Valkyrie*, ganz anders als alle, die wir kannten. Er sah anders aus, er war dunkelhäutig, »Migrant« – seine Kleidung war anders. Seine Eltern waren anders. Und er wohnte hier, in Stovner. Außerdem ging es nicht nur um ihn – es ging auch um mich. Wie sollte ich erklären, wo ich ihn getroffen hatte, ohne auch alles andere erzählen zu müssen?

Das konnte ich nicht. Das wollte ich nicht.

»Ich muss jetzt gehen«, sagte ich und ließ ihn los.
»Was?! Nein!«
Er griff wieder nach meiner Hand und hielt mich zurück. Sein Blick war überrascht und gleichzeitig flehend. Ich wand mich behutsam heraus.
»Wir sehen uns später.«
Da veränderten sich seine Gesichtszüge – etwas Hartes kam hinzu, das ich bis dahin nicht gesehen hatte.
»Ich hab's gewusst.« Seine Stimme war nicht wiederzuerkennen.
»Was?«
»Solche wie du kommen nie mit solchen wie mir zusammen.«
»Was meinst du damit?«
»Das weißt du.«
Sein Blick traf mich so hart, dass ich ihn nicht länger ansehen konnte. Ich begann, mich zurückzuziehen und Richtung Tür zu gehen. Ich wünschte, ich hätte die Uhr zurückstellen können. Nur fünf Minuten zurück. Vor fünf Minuten hatten wir getanzt – und alles war gut.
Aber vielleicht konnte es wieder so werden, wenn ich so tat, als sei nichts geschehen. Ich blieb stehen und drehte mich zu ihm um. Versuchte es mit einem Lächeln.
»Wann sollen wir morgen trainieren?« Ich sagte es leicht dahin, als wäre nichts passiert.
Ich hoffte, sein Gesicht sehen zu können, hoffte, er würde auch lächeln. Aber er stand mit dem Rücken zu mir.
»Ich glaube, es reicht«, sagte er. Seine Stimme kam von weit weg.
»Was meinst du?«
»Es reicht. Es sitzt jetzt. Ich kann Silje fragen, wenn noch etwas ist.«

Er drehte die Lautstärke an der Anlage hoch und stellte sich vor den Spiegel, immer noch mit dem Rücken zu mir.
Ich blieb einfach stehen.
»Danke für die Hilfe«, sagte er schließlich, ohne mich anzusehen.
Aber die Worte bedeuteten nicht *Danke*. Sie bedeuteten *Geh*.

Die Porzellanpuppe

Als Charlottes Eltern sich scheiden ließen, zogen sie und ihre Mutter fast auf direktem Weg zu ihrem Stiefvater Christian in den Doktor-Holms-Weg, ganz oben am Holmenkollen – in eine Villa, von der Charlotte sagte, sie sei »ganz okay«. Christian war eine Zeit lang Single gewesen und hatte die Villa mithilfe eines Stylisten eingerichtet. Der Stylist von Charlottes Mutter war auf Kollisionskurs mit Christians Stylist, und das Ergebnis war, dass einige Zimmer der Villa streng und modern eingerichtet waren, andere eher im Shabby Look.
Ich ging direkt zur Party. Ich machte nicht einmal einen Abstecher nach Hause, sondern tat so, als käme ich vom Training, und durfte bei Charlotte duschen und mir Klamotten ausleihen. Sie selbst hatte das rote Dings an, das sie im Bogstad-Weg gekauft hatte. Es stellte sich heraus, dass sie es als Kleid betrachtete. Ich war mir nicht ganz sicher, ob sie darunter eine Unterhose trug, aber das war wahrscheinlich leicht herauszufinden, wenn es so weit war.
Ich stand in einer Ecke mit Ella und Caroline, bekam aber nicht mit, was sie sagten. Stattdessen war ich damit beschäftigt, mich zum dritten Mal mit einem Aperitif zu versorgen – oder war es der vierte? Um mich herum wurde gelacht und geredet, aber nichts davon erreichte mich – zwischen mir und der Party war eine Wand aus Glas. Ich nahm auch kaum die Horden wahr, die hereinpolterten – viel mehr, als Charlotte eingeladen hatte –,

und dass die Leute immer betrunkener wurden, dass sie tanzten und grölten.

Ich sah nur Mikaels Gesicht. Die braunen Augen – zuerst weich, dann überrascht, dann wütend. Die Situation kam in einer Wiederholungsschleife. Wieder und wieder sah ich sie vor mir. Wie sein Gesicht näher kam, er mich küssen wollte, und wie sich alles änderte, als ich zurückwich.

Dass mein Handy klingelte, bekam ich auch nicht mit. Hätte ich es gehört, wäre danach alles anders gekommen.

Ich versuchte, nicht daran zu denken, was er gemacht hatte, als ich weggegangen war – was er jetzt gerade tat. War er sofort wieder zu Silje gegangen? Trainierte er wieder mit ihr? Tanzten sie eng? Sie war ja ganz offensichtlich an ihm interessiert, war es sicher die ganze Zeit schon gewesen. Und sie passten zusammen: Beide waren klasse Tänzer, beide aus Stovner – *richtig* aus Stovner. Verglichen mit Silje war ich eine Art Porzellanpuppe – viel zu süß, zu zerbrechlich und total altmodisch.

Ich hatte keine Ahnung, was Charlotte in den Drink hineingetan hatte, aber er war effektiv. Er machte den Klumpen in meinem Hals kleiner, und langsam drangen die Geräusche hinter der Glaswand zu mir durch.

Axel war da. Am anderen Ende des Raumes. Ich bemerkte, dass er schnell trank – er holte sich ständig ein neues Bier. Er stand da mit Mads und einigen Mädchen herum, die ich nicht kannte. Dem einen Mädchen warf er ständig ein Lächeln zu und sorgte dafür, ihr Glas aufzufüllen. Es tat weh. Ihn hatte ich auch verloren.

Ich trank aus und ging zur Anlage hinüber. Ich drehte die Musik so laut, dass der Boden zitterte, und zupfte an meinem Kleid, um den Ausschnitt tiefer zu machen. Dann wandte ich mich um,

johlte und hob meine Arme zur Decke. Das, was ich da veranstaltete, würde ich nicht Tanz nennen – ich bewegte meine Hüften und Arme, nur damit Axel mich sah. Andere kamen dazu. Es war Party, Leute lachten, ich auch, ohne zu wissen worüber. Das war nicht ich, die da mit tiefem Ausschnitt und wippenden Hüften auf der Tanzfläche stand. Das war eine andere.
Jetzt sah er mich. Das tat gut. Sein Blick ließ Mikael für einen Augenblick aus meinem Kopf verschwinden. Im Versuch zu lächeln, zog ich meine Mundwinkel auseinander. Axel lächelte vorsichtig zurück.
Ein neuer Song. Immer mehr Leute waren auf der Tanzfläche. Engtanz. Paare fanden sich.
Ein dicker Typ mit Pickeln streckte seine Arme nach mir aus. Ich war schweißgebadet und wollte weg, vielleicht in den Garten, ihm entkommen. Aber er war schneller und griff nach mir. Ich musste mit ihm tanzen.
Er drehte mich. Seine Hände wagten sich vor, legten sich um meine Taille, bewegten sich nach unten Richtung Kreuzbein.
Ich schob sie weg, aber sie kamen wieder. Er lachte mich an. Vielleicht dachte er, ich würde Spaß machen.
Da spürte ich einen festen Griff um meine Schultern. Vertraute Hände. Es war Axel. Endlich. Mit einem Ausdruck, als habe man ihm einen Schokokuss verweigert, ließ der pickelige Typ mich los.
Axel drehte mich zu sich. Sah mich kurz an. Dann begannen wir zu tanzen. Langsam.
»Amelie«, flüsterte er. »Ich habe so viel an dich gedacht.« Seine Stimme war stockend. Er war betrunken. Mit jeder Bewegung zog er mich näher zu sich.
Ich ließ zu, dass er mich umarmte. Es tat gut, gehalten zu wer-

den. Trotz allem war es Axel. Er war vertraut. Wir waren zusammen gewesen. Lange. Vielleicht die ganze Zeit über. Vielleicht waren wir es immer noch?
Es schien so einfach. Wir konnten wieder zusammenkommen. Keiner würde schwierige Fragen stellen. Axel und Amelie – natürlich waren wir ein Paar. Wir gehörten zu den Paaren, die heiraten würden. Es war einfach. Ich musste ihm nur das geben, was er haben wollte. Mein ganzes Ich.
Ich ließ ihn meine Hand nehmen, ließ mich von ihm in die erste Etage führen. Unter uns ging die Party weiter. Ich hörte, wie sich jemand erbrach, hörte Rufen, ein Glas, das auf den Boden fiel und zersplitterte, irgendjemand weinte. Lautes, viel zu lautes Gelächter.
Er fand ein Schlafzimmer. Ein gemachtes Doppelbett stand da, darauf eine lange Reihe eleganter Seidenkissen und teure, steife Bettwäsche.
Er küsste mich auf die Wange, auf den Hals, am Ohr. Ich ließ ihn. Er flüsterte etwas, aber ich verstand es nicht. Dann verschwanden seine Hände unter meinem Kleid. Ich hinderte ihn nicht.
Er legte mich auf das Bett. Er war schwer. Irgendjemand stöhnte. Er – oder ich? Ich wusste es nicht. Vielleicht war es auch kein Stöhnen gewesen, sondern ein Schluchzen, und vielleicht kam es aus meiner eigenen Brust. Seine Hände waren überall, in meinem Ausschnitt, wanderten meine Oberschenkel hoch, streiften rasch meine Unterhose ab.
Dann das Geräusch seines Gürtels, der geöffnet wurde. Ein Reißverschluss, der aufgezogen wurde. Sein Nacken. Er saß mit dem Rücken zu mir und fingerte an irgendetwas herum. Einem Kondom?

Dann war er in mir. Es tat weh, aber ich empfand nichts. An einer Schranktür hingen Krawatten – gestreifte, gepunktete. Ich versuchte, sie zu zählen, aber es gelang mir nicht.
Ich drehte den Kopf lieber zur Tür, die einen Spaltbreit offen stand. Ein Streifen Licht. Daran konnte ich mich festhalten.
Dann hörte man von draußen Schritte. Irgendjemand bewegte sich auf die Tür zu, ich sah einen Schatten. Wir hätten sie vielleicht schließen sollen. Aber das spielte jetzt keine Rolle mehr.
Der da draußen blieb stehen, vor der Tür. Und sah durch den Spalt. Ein Blick traf meinen. Eine ununterbrochene Linie ging von seinen Augen zu meinen.
Mikael.

Ein geschlossener Kreis

»Nein!« Ich riss mich von Axel los.
»Was ist?«, fragte er.
Ich antwortete nicht, sondern lief einfach raus.
»Warte!«
Mikael war schon am anderen Ende des Flures angekommen. Er drehte sich um.
»Ich wollte mich nur entschuldigen«, sagte er, aber es lag keine Wärme in seiner Stimme.
»Woher wusstest du, dass ich hier bin?«
»Was glaubst du?«
»Facebook«, sagte ich leise und spürte einen Hass, einen wirklichen Hass auf soziale Netzwerke.
Im selben Moment kam Axel aus dem Schlafzimmer. Sein Oberkörper war nackt, die Hose halb geöffnet. Er sah Mikael überrascht an.
»Was ist denn das?«
Er sagte es, als sei Mikael ein Tier – ein *Was*, kein *Wer*.
Mikael starrte ihn bloß an. Starrte den blonden Jungen mit teurer Uhr, glatt gestrichenen Haaren und beigen Chinos an. Als würde Axel absolut all seine Vorurteile gegenüber den Snobs aus der Weststadt bestätigen.
»Ach ja.« Mikael wandte sich wieder mir zu. »Und dann wollte ich dir noch sagen: Silje ist in Josef verliebt, seit sie zehn ist.«
»Von wem spricht er?«, fragte Axel.

Mikael ignorierte ihn, sah nur mich an. »Aus irgendeinem Grund habe ich gedacht, das könnte dich vielleicht interessieren«, sagte er, und sein Blick schweifte zu Axel. »Aber da habe ich mich wohl geirrt.«
Dann ging er.
»Mikael?«
Ich hätte ihm hinterherlaufen müssen – aber meine Beine waren unglaublich schwer.
»Mikael!«
Ich hätte ihm hinterherlaufen müssen – denn er kam nicht zurück.
Axel legte eine Hand auf meine Schulter. Ich wand mich vorsichtig los und ging ins Schlafzimmer. In einer Ecke fand ich die Unterhose und zog sie an, ohne ihn anzusehen.
»Amelie?«
»Entschuldige«, sagte ich leise.
Er trat auf mich zu.
»Du musst dich dafür nicht entschuldigen.« Er zog mich an sich. »Wer war das denn eigentlich?« Er sprach leise, in mein Haar, während er mit der Hand über meinen Rücken strich. Ich sträubte mich, mein Körper wurde steif. Er spürte es und ließ mich jäh los.
»Verdammt, Amelie!« Dann ging er. Die Tür knallte er hinter sich zu.
Ich setzte mich auf das Bett und ließ den Kopf nach vorne sinken. Mein Blick fiel auf meine Zehen, auf denen immer noch ein bisschen Nagellack vom Grand zu sehen war. Ich konnte nicht klar denken, sah nur die Kratzer im rechten großen Zehennagel. Ich hätte den Lack entfernen sollen.
Und plötzlich zerbrach etwas in mir. Ich zerfiel in zwei Teile und

beugte mich vor, krümmte mich zusammen und hielt mich an mir selbst fest.

Das Bett war so groß. Ich blieb am Rand liegen, war wie ein kleiner Ball, zog die Knie unter meinen Körper und starrte hinunter in den Kleiderstoff.

Ich weiß nicht, wie lange ich so lag. Ein Sturm wütete in mir, aber wenn ich ganz, ganz still dalag, würde er sich vielleicht legen. Vielleicht würde einfach alles aufhören, nichts wäre geschehen.

Ein Lichtstreifen zeigte sich auf dem Boden. Er wurde größer, und die Tür glitt lautlos auf. Jemand kam herein und setzte sich neben mich. Strich mir vorsichtig über die Schultern und das Haar.

Endlich sah ich auf. Es war Ida.

»Was ist passiert?«

Ich konnte nicht antworten.

»Ich dachte, du wolltest Axel«, sagte sie leise, während sie mir die Haare aus dem Gesicht strich.

»Hat er was gesagt?«, fragte ich.

»Nein. Aber ihr seid zusammen nach oben verschwunden, und er kam allein wieder herunter. Und war wütend. Ich bin ja kein Idiot.«

Ida hatte offensichtlich Mikael nicht gesehen und wusste immer noch nichts von ihm.

Ich schüttelte den Kopf. Endlich schaffte ich es, ehrlich zu sein.

»Nein, Ida. Ich möchte nicht mit Axel zusammensein.«

Sie zog ihre Hand zurück. Ihr Gesichtsausdruck verhärtete sich.

»Warum hast du es dann getan?«, fragte sie leise. »Du spielst ja bloß mit ihm.«

»Ich weiß es nicht. Ich weiß es einfach nicht ...«
Ida erhob sich abrupt. »So bist du, Amelie.«
»Was meinst du?«
»Du würdest wahrscheinlich in jeder Tanzklasse der Welt einen Platz bekommen, wenn du es nur wolltest. Und du kannst haben, wen du willst, schaffst es aber trotzdem, alles kaputt zu machen!«
Plötzlich ging mir ein Licht auf. »Ida? Bis du ...?« Ich brachte den Satz nicht zu Ende. War sie in Axel verliebt? »Warst du es schon immer?«, flüsterte ich.
Sie ging zur Tür.
»Ida?«
Sie drehte sich ein letztes Mal um.
»Ich weiß, dass du es nicht schaffst, mir das Geld zurückzugeben! Und ohne die Sommerschule habe ich im Herbst keine Chance!«
»Ida! Entschuldigung!«
Sie ging ohne ein weiteres Wort. Zum zweiten Mal an diesem Abend fiel die Tür mit einem Knall zu.

Langsam ging ich die Treppe hinunter. Die Lautstärke der Party schwoll an, eine Wand, die sich hochzog. Axel war der Erste, den ich sah. Er hatte ein Bier aufgemacht und war wieder zurück an seinem Platz in der Ecke mit Mads und den zwei Mädchen, als wäre nichts passiert. Als er mich sah, wandte er sich ab.
Charlotte, Ella und Caroline standen direkt daneben. Charlotte war gerade dabei, Ella und Caroline irgendetwas zu erzählen. Nach den Gesichtsausdrücken zu urteilen, war es etwas total Wahnwitziges. Dann fiel ihr Blick auf mich, und sie sperrten ihre Augen auf. Ida stand direkt daneben. Nun sah sie mich

auch. Und drehte sich weg. Plötzlich begriff ich, worüber die Mädchen sprachen. Ida hatte alles erzählt – von dem Konkurs, von Axel, von dem Geld, das ich geliehen hatte.

Die vier Mädchen, meine Freundinnen, starrten mich bloß an. Dann drehten sie sich weg, einander zu, rückten näher zusammen und schlossen einen Kreis. Einen Kreis, zu dem ich nicht mehr gehörte.

Die Schuhe drückten vorne an den Zehen. Ich zog sie aus und ging barfuß auf dem Asphalt, ganz und gar lautlos. Es wurde heller. Der Himmel war hellgrau und diesig, es roch nach taunassem Gras.

Plötzlich hörte ich ein lautes, klackerndes Geräusch und drehte mich um. Drei Bekannte von Charlotte, ein paar von den vielen, die bei der Party eingefallen waren, kamen in einem Auto näher. Einer von ihnen hielt einen Golfschläger in der Hand und zog ihn an einem Zaun hinter sich her. Das war das Geräusch. Sie johlten und riefen jemandem hinter dem Auto etwas zu. Dort hing der Vierte an einem Seil. Er hatte einen Helm auf und Slalomski an den Füßen.

»Jaaaa!«, rief er.

Das Auto überholte mich, fuhr an die Seite und hielt an.

Obwohl ich sie noch nicht einmal kannte, befürchtete ich zuerst, sie hätten alles gehört und wüssten über alles Bescheid. Aber sie lächelten, und der Fahrer zog sich hoch und steckte den Kopf aus dem Dachfenster.

»Willst du mit?«

Ich schüttelte den Kopf.

»Nein, danke. Das ist ein bisschen weit.«

»Kein Problem. Wir müssen ganz bis nach Blommenholm.«

»Falsche Richtung.«
Er zuckte mit den Schultern. »Na dann – prost!« Dann hielt er eine Sektflasche an den Mund und trank, bevor er sich wieder auf den Sitz fallen ließ und weiterfuhr.
»Schneller!«, brüllte der Junge auf den Skiern.
Das Klackern des Golfschlägers gegen das Holz wurde leiser und leiser, bis es schließlich ganz verschwand. Sie waren aufgebrochen, sie hatten sich davongemacht. Und ich auch. Vielleicht würde ich nie zurückkommen.

Das Bild

Als ich endlich die Wohnungstür aufschloss, war es fast Morgen. Ich hatte mein letztes Geld für ein Taxi ausgegeben, aber es reichte nicht für den ganzen Weg. Meine Füße waren wund, ich fühlte mich schwer und nahm ausnahmsweise sogar den stickigen Fahrstuhl.

Das Erste, was ich sah, war Papas Rücken. Er stand am Fenster und wandte sich nicht sofort um. Hatte er die ganze Nacht gewartet? Da fiel mir ein, was ich vergessen hatte: ihm Bescheid zu geben. Seit fast vierundzwanzig Stunden hatte ich mich nicht bei ihm gemeldet, hatte ihm weder gesagt, wo ich war, noch wann ich nach Hause kam. Aber so war es jetzt zwischen uns. Ich hatte nicht angenommen, dass es noch eine Rolle für ihn spielen würde.

Ich ging in mein Zimmer. Dort blieb ich einfach stehen. Bereitete mich auf einen weiteren Streit vor, auf noch mehr Geschrei. Aber er blieb draußen.

Am Bett stand mein Koffer. Ich hatte immer noch nicht ausgepackt. Sobald ich das tat, würde sich ein Gefühl von Endgültigkeit einstellen, hatte ich gedacht und ihn stehen lassen – mit der Möglichkeit, ihn jederzeit zu schließen und wegzugehen.

Nun begann ich langsam, Kleider herauszunehmen, sie auf Bügeln in den Schrank zu hängen und die Unterwäsche in eine Schublade zu legen. Ich faltete alles sorgfältig zusammen und überlegte mir ein System für die Ordnung.

Dann entdeckte ich etwas. Ganz unten im Koffer lag das Bild, das ich mitgenommen hatte – das Bild von Mama und mir.
Ich nahm es heraus und blieb damit stehen. Das kleine Mädchen, das ich einmal gewesen war, strahlte über das ganze Gesicht. Die Seide der Ballettschuhe schimmerte. Ich konnte sie beinahe in meinen Händen spüren – ganz glatt. Ich erinnerte mich deutlich an das, was passiert war, nachdem das Bild aufgenommen worden war. Mama hatte sich heruntergebeugt und mit den rosafarbenen Bändern meine Schuhe gebunden – den Abschluss bildete ganz oben eine Schleife. Dann war ich aufgestanden und hatte mich vor den Spiegel gestellt. Ich fand, ich sah aus wie die Balletttänzerin in meinem Schmuckkästchen, die sich rundherum und rundherum drehte, ohne jemals Schmerzen zu empfinden.
Und Mama stand hinter mir und stützte mich, denn in Wirklichkeit war es sowohl irrsinnig schmerzhaft als auch schwierig, auf den Spitzen zu stehen.
Ich strich mit einem Finger über das Bild, über Mamas Lächeln. In meiner Erinnerung war es das letzte Mal, dass ich sie so sah. Und es war, als sei es auch das letzte Mal gewesen, dass ich selbst gelächelt hatte.
Erst jetzt bemerkte ich, dass Papa endlich ins Zimmer gekommen war. Sein Blick war hart, sein Mund angespannt. Aber als er das Bild bemerkte, das ich in den Händen hielt, und die Tränen auf meinen Wangen, wurde er weich.
Er zögerte. Dann deutete er mit dem Kopf Richtung Wohnzimmer. »Komm.« Er geleitete mich dorthin und platzierte mich vorsichtig auf dem Sofa, bevor er etwas aus seinem eigenen Koffer holte, der im Wohnzimmer am Fenster stand.
Er kam zurück, setzte sich neben mich und legte mir etwas in den Schoß. Es war ein Album. Er musste es aus unserem alten

Haus mitgenommen haben. Von zu Hause. Er blätterte vor zu einer der ersten Seiten. Es war ein Bild von Mama – während der Schwangerschaft. Sie hatte eine Hand auf den Bauch gelegt und lächelte in die Kamera.

»Sie meinte, du würdest die ganze Zeit strampeln.« Er lächelte. »Es gab keine Ruhe da drinnen. Du warst immer in Bewegung.« Er blätterte weiter. Wir kamen zu den Neugeborenen-Fotos. Schrumpelig und halbfertig. Dann legte ich langsam zu und wurde ein dickliches Marzipanbaby, das auf dem Boden herumkroch.

»Du bist gekrabbelt. Gerobbt. Gekrochen – du warst überall.« Papa blätterte ruhig weiter.

Da waren Fotos von mir auf dem Boden im Wohnzimmer, im Park, im Kindergarten, in den Ferien, am ersten Schultag. Ich hatte diese Bilder ja schon viele Male zuvor gesehen, aber nie richtig. Nie richtig gesehen, was ich auf jedem dieser Bilder tat. Auf jedem einzelnen. Erste Position, vierte Position. Trippelnd, wie die Ballerina im Schmuckkästchen. Oder in der Bewegung – ein Satz, ein Sprung, flatternd mit Schmetterlingsärmeln.

Papa strich mit dem Finger leicht über ein Bild von mir im Wohnzimmer, auf dem ich mich wieder und wieder um mich selbst drehte.

»Du hast nie angefangen zu laufen. Du hast angefangen zu tanzen.«

Wir blätterten weiter bis zu einer großen Fotografie von Mama. Das blonde Haar war hochgesteckt, so, wie sie es am häufigsten trug – in einem strammen Ballerinaknoten. Sie saß mit gestreckten Beinen auf dem Boden und dehnte die Rückseite der Beine. Der Kopf lag auf den Oberschenkeln, das Gesicht war zur Kamera gewandt, wahrscheinlich zu Papa. Und sie lächelte.

Daneben war ein Bild von uns dreien. Ich weiß nicht, wer der Fotograf war – vielleicht wurde es mit Selbstauslöser aufgenommen. Wir stehen im Garten, Papa und Mama hinter mir. Ich hatte ein Eis bekommen und war eigentlich nur damit beschäftigt – es sah aus, als würde ich damit tanzen. Aber die zwei sahen einander an. Es war ein Band zwischen ihren Blicken. Ein Band, das nicht mehr existierte, das verschwunden war, sich aufgelöst hatte.
Papa sah das Bild und erriet meine Gedanken. Er drückte meine Hand.
»Warum ...« Mehr konnte ich nicht sagen.
Er zögerte. »Anfangs dachte ich, es ginge um Geld ... Um mehr Platz, das richtige Sofa.« Er legte das Album auf den Tisch. »Also arbeitete ich viel. So viel, dass ich euch kaum zu Gesicht bekam. Und wir hatten mehr Geld und konnten ein großes Haus kaufen. Sie wirkte zufrieden.« Plötzlich lächelte er bitter. »Und ihre Eltern auch. Die hatten ja immer davon geträumt – dass ihre Tochter auf die richtige Seite der Stadt ziehen würde. Was sie sich selbst nie leisten konnten.« Das Lächeln verschwand.
»Aber schon nach kurzer Zeit erkannte ich, dass ihr das nicht reichte. Denn eigentlich ging es gar nicht um Geld. Eigentlich ging es wohl ums Tanzen.« Er wandte sich mir zu. »Du weißt ja, wie viel sie trainiert hat.«
Ich nickte. »Aber sie schaffte es trotzdem nicht – oder?«
»Nein«, sagte er. »Sie schaffte es nicht. Obwohl sie es so sehr versuchte. Und irgendwo auf diesem Weg habe ich sie verloren.« Er machte eine Pause. Wir sahen ins Nichts, wir drei auf dem Bild. Ein eingefrorener Augenblick, der nicht echt war. »Oder ... habe ich uns verloren.«

»Aber was ist passiert?«, fragte ich.
Er zögerte.
»Es gibt keinen speziellen Tag oder kein spezielles Erlebnis, das ich nennen könnte«, sagte er still. »Es passierte schleichend. Und deshalb konnten wir auch nie in Ordnung bringen, was kaputt gegangen war – wir nahmen es gar nicht wahr. Und als wir es endlich bemerkten, war nichts geblieben.«
Er blieb sitzen, ohne sich zu bewegen. Ich schluckte. Ich hatte Papa nie zuvor gefragt, ihm nie die Frage gestellt, die mich immer beschäftigte.
»Warum hat sie es nicht geschafft?«, fragte ich.
»Was meinst du?«
»Warum hat sie es nicht geschafft, die Tänzerin zu werden, die sie werden wollte?«
Er überlegte. »Irgendwann war sie ganz einfach zu alt. Und als ihr klarwurde, dass sie es nicht schaffen würde ... da hat sie sich selbst verloren.«
»Aber *warum*?«
»Ich weiß es nicht, Amelie.«
Er schwieg lange Zeit.
»Aber ich glaube ...« Seine Stimme zitterte. »Ich glaube, sie hatte Angst davor, nicht perfekt zu sein – Angst davor, andere könnten denken, sie sei nicht perfekt. Deshalb war nichts gut genug. Sie hatte kein Vertrauen zu sich selbst.« Er klappte das Album auf dem Tisch vorsichtig zu. »Den Rest weißt du.«
Ich nickte. Und schluckte wieder. In meiner Brust saß alles fest. Das Tanzen, meine Freunde, der Konkurs. Mama. Mikael. Und der größte Gedanke, der Gedanke, der so groß war, dass er alles zu erdrücken drohte, meine allergrößte Angst: *Du wirst wie sie.*

Ich konnte es nicht mehr zurückhalten. Plötzlich kam alles hoch. Mein Körper zitterte. Tiefe Schluchzer bahnten sich einen Weg aus dem Bauch herauf. Und der Schmerz wurde so intensiv, dass er mir die Kehle abschnürte.

Aber Papa war da. Endlich war Papa wieder da. Er legte seinen Arm um mich und hielt mich fest, während der Kummer mich überflutete und ich hemmungslos weinte.

»Mein Kind. Mein Kind.«

Endlich

»Das war's für heute.« Birgitta klatschte in die Hände.
Sofort ging die Plauderei los, als hätte jemand auf einen Knopf gedrückt. Es war wieder Montag. Ich war zeitig gekommen und war schon im Saal, als die anderen eintrudelten. Keiner hatte mich angesehen, keiner mit mir gesprochen. Der Unterricht war wie immer, nur dass Charlotte jetzt das Solo übernommen hatte. Ich wurde am äußersten Rand einer Reihe platziert. Allein.
Die anderen verschwanden. Ich trainierte in dem leeren Saal weiter, arbeitete an der alten Choreografie, probierte es wieder und wieder, ohne dass irgendetwas zusammenpasste.
Dass Birgitta zurückgekommen war, dass sie hinter mir stand und meine kläglichen Versuche beobachtete, bemerkte ich nicht – nicht, bevor ich eine steife Pirouette drehte und sie direkt ansah.
Sie seufzte bloß, laut und affektiert – theatralisch wie immer.
Ich drehte mich weg, tat so, als würde es mich nicht interessieren, und probierte die Schritte erneut.
Dieses Mal begann sie, mich nachzuahmen. Es war bereits das zweite Mal innerhalb kurzer Zeit, dass mich jemand nachahmte. Aber beim vorigen Mal war es Mikael – mit weichem Blick und Bewunderung für meine Schritte. Nun war es ganz anders. Birgitta bewegte sich absichtlich steif, wie ein Roboter. Alle Bewegungen waren übertrieben, stockend, und es fehlte ihnen die Geschmeidigkeit. Ganz offensichtlich meinte sie, das wäre meine Art zu tanzen.

Ich ließ die Arme fallen, war nicht einmal mehr imstande, weitere Schritte zu üben. Da blickte sie mich hart an.
»Gibst du auf? Komm, los!«
Ich schüttelte den Kopf. »Ich bin bestimmt einfach nur erschöpft.«
Birgitta zögerte, dann kam sie ganz zu mir und ergriff meine Arme. »Streck dich!« Sie zog an mir, dass die Gelenke schmerzten. »Weiter!«
Aber ich bekam es nicht hin. Der Körper war kraftlos, die Signale vom Gehirn an Arme und Beine endeten im Nirgendwo. Doch Birgitta gab nicht auf. »Gib alles in den Bewegungen! Du kannst, wenn du willst!«
Ich holte Luft, versuchte es erneut – und stolperte.
»Hoch mit dir!« Sie sprach wie mit einem Kind, stand über mir und starrte mich mit ihrem dramatischen Bühnenblick an – so intensiv, dass er auch für die Zuschauer ganz hinten im Saal gedacht war. Ich musste wegsehen.
»Ich kriege es einfach nicht hin.«
Sie hob die Arme. »Das ist doch keine Mathematik, Amelie!«
»Ich weiß ... Entschuldige ...«
»Ich will das Wort nicht hören!« Sie trat einen Schritt zurück. »Es nützt hier nichts, Regeln auswendig zu lernen! Das funktioniert nicht!«
»Nein, das habe ich verstanden«, sagte ich leise.
»Willst du eigentlich Tänzerin werden?« Sie hob die Stimme. »Willst du eigentlich an die Balletthochschule? Oder hast du das Fach nur wegen deiner Mutter gewählt?«
Natürlich wollte ich das! Ich wollte es mehr als alles andere, aber ich bekam kein Wort heraus. Ich konnte nur noch schwach nicken.

»Dann musst du anfangen zu kämpfen! Wir wollen DICH SEHEN, Amelie. Wer bist du eigentlich? Hast du etwas Eigenes vorzuweisen?«

Ich wusste, was kommen würde – die ganze lange Tirade: Seele durch Tanz. Kunst. Wahrer Schmerz. Kampf. Und so weiter. Und richtig: Sie legte los, wie zu einem Auftakt. Sie redete und redete. Die Worte türmten sich zwischen uns auf, lange Ketten mit Worten, höher und höher.

Aber statt mich zu treffen, statt mich umzuhauen, sich mir einzubrennen, so wie es mir mit ihrer Kritik normalerweise ging, merkte ich, dass die Worte keine Bedeutung mehr für mich hatten. Sie waren ein belangloses Rauschen. Phrasen, die ich schon eine Million Male gehört hatte.

»Halt den Mund.« Ich zuckte vor meiner eigenen Stimme zusammen. Sie war klar, kräftig und deutlich.

Birgitta brach mitten im Satz ab. Sie zwinkerte ein paar Mal. Das sah komisch aus.

»Kannst du nicht einfach mal den Mund halten, Birgitta! Ich weiß das doch. All das hast du schon oft gesagt. Und ich habe es so wahnsinnig satt! Ich bekomme es nämlich nicht hin. Geht das in deinen Kopf? Ich bekomme es nicht hin!«

Sie stand still da. Ihr Blick schlug Funken. Ihre Stimme war weder laut noch böse, als sie fortfuhr, trotzdem waren ihre Worte schlimmer als je zuvor: »Und weißt du warum, Amelie? Warum du es nicht hinbekommst? Weil dir die Fähigkeit fehlt, selbst etwas zu erschaffen.« Sie holte Luft. Und dann kam es: »Dir fehlt die Fähigkeit, selbst etwas zu erschaffen. Wie deiner Mutter.«

Es tat ungefähr genauso weh, als würde sie meinen Bauch aufschlitzen. Aber statt zusammenzubrechen und vor lauter Schmerz auf dem Boden liegen zu bleiben, bewirkten ihre Wor-

te bei mir etwas anders. Sie erweckten etwas Glühendes zum Leben, etwas Heißes. Etwas, was die ganze Zeit schon in mir gebrodelt hatte, was aber früher nie herauskommen durfte.
»Das ist totaler Quatsch!«, schrie ich. »Du weißt nichts über mich! Gar nichts! Ich bin nicht du. Und ich bin nicht Mama.«
Birgitta öffnete den Mund, um etwas zu sagen, aber es kam kein Ton. Und ich ließ sie auch nicht. Denn endlich wusste ich, was ich wollte und dass ich es schaffen würde. Die Worte wurden wahr in dem Augenblick, in dem ich sie aussprach.
»Auch wenn du nicht an mich glaubst ... Und sogar, wenn ich es nicht an die Balletthochschule schaffe: Ich werde Tänzerin! Aber ich werde es auf MEINE Art! Ich scheiß auf das, was du meinst! Ich scheiß auf das, was du sagst! Auf das, was alle sagen. Es bedeutet gar nichts, denn ich werde es schaffen!«
Ich starrte sie an. Erwartete, dass sie mir antworten und zurückschreien würde. Aber sie sah mich nur mit versteinerter Miene an.
Da wandte ich mich ab und ging.
»Amelie?«
Ich drehte mich um. Birgitta stand mitten auf der Tanzfläche, die Arme selbstsicher in die Seiten gestemmt. Aus irgendeinem Grund lächelte sie.
»Endlich«, meinte ich zu verstehen.
»Was?!«
Aber mehr sagte sie nicht. Nur das feine Lächeln strich über ihre Lippen. Und ich wollte auch nichts mehr hören. Denn nun war ich an der Reihe, eine Tür hinter mir zuzuschlagen. Fest.

Die Einladung

Ich hatte keine Lust, mich umzuziehen, griff nur noch nach meiner Tasche und lief die Treppen hinunter. Meine Schritte hallten gegen die Decke hoch über mir.
Raus!
Ich machte zwei Schritte, blieb stehen und sog die Luft tief in die Lungen ein.
Es war Pause, und alle waren da. An der Trinkfontäne standen Charlotte, Ida und die anderen. Sie hatten mich noch nicht gesehen. Aber sie waren alle da. Vielleicht sprachen sie immer noch über mich – darüber, was ich getan hatte, wie ich mich verändert hatte, was mit Papa passiert war, mit dem Haus, mit der Polizei. Vielleicht spekulierten sie, mutmaßten, denn sie wussten bei Weitem nicht alles.
Auf einmal wusste ich, was ich tun musste – glasklar stand es vor mir. Was ich tun musste, damit sich alles änderte.
Ich öffnete meine Tasche, holte mein Handy heraus und begann, eine SMS zu schreiben – schnell, ohne nachzudenken. Es musste unbedingt eine SMS sein – ich wollte, dass alle sie bekamen, dass alle sie sofort sahen, bevor ich mich anders entscheiden konnte.
Dann drückte ich auf »Senden«.
Viele Handys fingen gleichzeitig an zu piepsen. Hände fuhren in Hosentaschen und Rucksäcke, Handys wurden hervorgeholt. Alle lasen. Ich trat näher.

»Du meine Güte!« Charlotte war die Erste, die etwas sagte. »Wir sind zu einem Battle eingeladen? Nach Stovner?«
Alle grinsten, sahen hoch. Nun entdeckten mich einige. Ida sah weg, Charlotte lachte laut. Ich trat noch ein paar Schritte auf sie zu.
»Ein Battle in Stovner, Amelie? Das soll wohl ein Witz sein, oder?«, sagte Charlotte.
»Nein«, antwortete ich und registrierte erleichtert, dass meine Stimme kräftig klang und dass sie trug. »Nein. Das ist kein Witz. Da wohne ich jetzt. In einer Zwei-Zimmer-Wohnung in einem Mietblock, zusammen mit meinem Vater.«
Ich hatte die vollständige Aufmerksamkeit – keiner sagte ein Wort. Also machte ich weiter.
»Du kannst es gerne der ganzen Schule sagen. Oder meinetwegen auch laut rufen: Amelies Vater ist pleite! Sie wohnt jetzt im Slum!«
Ida senkte ihren Blick, aber die anderen machten Kulleraugen. Ich fuhr fort.
»Sie wohnt jetzt im Slum und hat sich in einen Gangster verliebt!« Immer noch hielt ich Charlottes ungläubigem Blick stand. Sie zwinkerte einige Male, als sei sie nervös. »Und wenn du schon einmal dabei bist, kannst du ja auch gleich erzählen, dass du selbst zu feige dazu bist, dich in jemand Gleichaltrigen zu verlieben«, fuhr ich fort. »Es könnte ja sein, dass es ernst wird. Und dass du deshalb auch noch nie jemanden geküsst hast.«
Es war ein Versuchsballon, aber Charlottes Blick verriet mir, dass ich ins Schwarze getroffen hatte. Sie starrte auf den Boden. Und da fiel mein Blick auf die Schuhe, die sie trug. Die cremeweißen Espadrillos.

»Vielleicht«, fuhr ich leiser fort, sodass nur die Nächststehenden es hören konnten, »erzählst du aber auch einfach nur, wie du zu diesen Schuhen gekommen bist?«
Dann ging ich. Zuerst ziemlich langsam, dann schneller. Aber ich lief nicht weg – ich ging etwas Neuem entgegen. Bald rannte ich, nein, ich tanzte. Aus dem Schulhof, Richtung Majorstuen und zur U-Bahn. Richtung Stovner. Denn jetzt musste ich mich beeilen.

Ich öffnete die Tür zum großen Saal im XL. Josef, Leon und Moa drehten gleichzeitig ihre Köpfe.
»Mikael ist nicht hier«, sagte Josef.
»Den suche ich gar nicht.«
Ich suchte weiter, musste durch drei verschiedene Räume, bevor ich sie fand.
Sie war mitten in einer komplizierten Kombination. Sie hatte den kleinen Übungsraum ganz für sich und tanzte zu maximaler Lautstärke.
»Ich brauche Hilfe«, sagte ich.
Silje gab sich nicht die Mühe, mich anzusehen. Sie fuhr einfach fort zu tanzen.
Ich hob meine Stimme.
»Ich brauche Hilfe!«
Immer noch keine Reaktion.
Da ging ich zur Anlage und zog mit einer Handbewegung den Stecker aus der Steckdose. Es wurde sehr, sehr still.
»Hallo?!« Endlich sah sie mich an.
Ich ging auf sie zu. »Ich weiß nicht, wen ich sonst fragen könnte.«

My Fair Lady

»Wieso tu ich mir das bloß wieder an?«, fragte Silje.
Sie stand an den Spiegel gelehnt. Ihren Gemütszustand mit resigniert zu beschreiben, wäre noch untertrieben gewesen.
»Ich weiß nicht«, sagte ich wahrheitsgemäß.
Sie versuchte, mir einen *Six-step* beizubringen. Ich befand mich unten am Boden und sollte mich in schnellem Tempo um mich selbst bewegen und dabei immer jeweils eine Hand auf den Boden abstützen. An dem Abend in der Schule hatte ich selbst ja das Gefühl gehabt, den richtigen Dreh herauszuhaben. Nun begriff ich aber schnell, dass ich nicht einmal nah dran gewesen war. Der Move sah so einfach aus, wenn Silje ihn machte – ich dagegen war so flink und elegant wie eine Schildkröte. Es knackte, die Handgelenke schienen zu brechen, die Arme waren aus Gelee. Und ich bekam es nicht hin.
Es war der dritte Tag, den wir so zubrachten. Bereits am Dienstag hatte ich die Schule angerufen und mich krankgemeldet. Es war die letzte Woche vor den Ferien, der Unterricht war fast vorbei. Das Zeugnis konnten sie per Post schicken. Außerdem waren mir sowohl Schule als auch Zensuren gerade sch...egal.
Der Beat Star, *der* Battle, war in anderthalb Wochen, am Samstag. Innerhalb dieser Zeit, so hatte ich es geplant, wollte ich ein Vollblut-B-Girl werden.
Vollblut-B-Girl in einer Woche ... Wenn *das* nicht naiv war, wusste ich auch nicht.

»Amelie, das klappt nicht. Du bist ganz bestimmt eine klasse Balletttänzerin, aber dir fehlt das, was man hier braucht.«
»Bitte«, sagte ich leise. »Vielleicht kann daraus ja so eine *My-Fair-Lady*-Geschichte werden?«
»Häh?«
»Ein Professor bringt einem Mädchen von der Straße bei, wie man eine Dame wird. Und hinterher kann er überall damit angeben. Schöner Film. Audrey Hepburn ...«
Ihr Blick stoppte mich. Sie hielt mich für völlig durchgeknallt, ganz klar.
»Sei so gut und verkneif dir diesen Hinweis, wenn Josef und Co. in der Nähe sind, ja?«, sagte sie.
»Ich meine ja nur«, fuhr ich fort, »dass du danach damit angeben kannst.«
Silje zögerte. Plötzlich wusste ich, was ich sagen musste.
»Josef würde so etwas nie fertigbringen.«
»Aber es wird nie so weit kommen, dass ich mit dir angeben könnte, Amelie. Du bist so was von schlecht.« Sie sagte es mit einem Grinsen, und ich wusste, dass ich sie fast in der Tasche hatte.
Ich faltete die Hände und machte meine Augen so groß wie irgend möglich. Dann ging ich auf die Knie.
Da lachte sie.
»Okay.«
Als ich an diesem Abend nach Hause ging, erschöpft und mit Schmerzen im ganzen Körper, aber trotzdem mit dem besten Gefühl seit langer Zeit, kam ich wieder am Kiosk vorbei. Das Schild »Aushilfe gesucht« hing immer noch im Fenster. Dieses Mal ging ich hinein.

»*Power step*«, sagte Silje und sprang mit rasend schnellen Füßen auf dem Linoleum herum, offensichtlich ohne jegliche Anstrengung. »Und *Flare*.« Sie stand auf den Händen und rotierte mit ihren Beinen und dem ganzen Körper, und das alles mit der größten Leichtigkeit.
Ich versuchte es nachzumachen, aber es war völlig aussichtslos. Ich fiel in mir zusammen wie ein zerquetschter Weberknecht.
»Wir versuchen wohl lieber wieder den *Six-step*«, sagte Silje.
»Mit *Scissor freeze*.«
Es sah total krank aus. Unmenschlich. Sie war ein außerirdisches Riesentier mit wahnsinniger Kraft und blitzschneller Koordination.
»Wenn ich nur begreifen könnte, was du da machst«, sagte ich.
»Erinnerst du dich daran, was du über Linien und Gleichgewicht und so gelernt hast?«
Ich nickte.
»Du musst das alles vergessen. Absolut alles. Und dann musst du alles beugen, was eigentlich gerade sein soll, und alles strecken, was gebeugt sein soll.«
»So?« Ich ließ den Kopf nach vorne fallen, stand ebenso krumm da wie Josef und schwang die Arme. »Yo.«
Sie grinste.
»Passt das zu mir?«, fragte ich.
»Eher nicht.«
»Nein.« Ich richtete mich auf.
»Aber du bist da an was dran. Stell dir vor, du bist ...« Sie suchte nach Worten. »Stell dir vor, du bist ein Kleidungsstück auf einem Bügel. Lass deine Arme hängen, die Füße gehen von allein. Es soll ganz zufällig aussehen. Ohne, dass es das wirklich ist.«
Ich versuchte es noch einmal.

Am Freitag meinte Silje, dass mein *Top rock* langsam, aber sicher nach etwas aussah.

»Okay. Wenn ich meine Augen ein bisschen zukneife und außerdem deine Klamotten mal außer Acht lasse, dann kann ich fast nicht erkennen, dass du vom Holmenkollen kommst. Fast.«

Am Samstag gelang mir ein *Zulu spin*.

»Wow. Nun sieht es tatsächlich so aus, als hättest du so was wie einen Rhythmus.«

Am Sonntag schaffte ich endlich einen ordentlichen *Six-step*. Und da lächelte sie.

»Und jetzt?«, fragte ich kurzatmig und wartete auf das, was sie mir noch beibringen würde.

Aber dieses Mal verschränkte sie die Arme vor der Brust und zuckte mit den Schultern. »Das hängt von dir ab.«

Ich machte einen *Top rock*. Dann ging ich zu einem Sprung mit angezogenen Beinen über, den ich bei Birgitta gelernt hatte, bevor ich das Ganze mit einem *Six-step* am Boden abschloss.

»Funktioniert das?«

Silje lächelte. »Findest du, dass es funktioniert?«

»Ja ...?«

»Du musst selbst davon überzeugt sein.«

Ich nickte. Ja, ich war davon überzeugt. Und es tat gut, an Siljes Lächeln ablesen zu können, dass sie es auch nicht so schlecht fand.

Wenn ich nicht tanzte, arbeitete ich. Der Kioskbesitzer war ein netter alter Herr, der von Würstchen und Tabak genug hatte und am liebsten lange Spaziergänge in der Nordmark machen wollte, sobald die Sonne ihre Nase hinter den Wolken hervorstreckte. Und das tat sie oft.

Wenn ich ihn am Nachmittag ablöste, stand er mit der Angel über der Schulter da und ließ mich weiterarbeiten, so viel ich Lust hatte.
Außerdem durfte ich so viel Softeis essen, wie ich wollte. Und Mikael hatte recht gehabt: Es *war* wirklich das beste der Stadt. Jeden Tag verschlang ich zwei oder drei Portionen – ohne auch nur im Geringsten an mein Gewicht zu denken.
Abends wartete Papa auf mich. Er wusste, was ich vorhatte, endlich nahm er wieder Anteil, endlich *durfte* er wieder Anteil nehmen. Jeden Abend wollte er hören, welche Fortschritte ich gemacht und was ich an dem Tag geschafft hatte. Wir saßen zusammen auf dem Sofa, jeder an seinem Ende, und redeten. Und dort, im Halbdunkel, wenn wir vergaßen, wo wir waren, war alles fast wie früher. Abgesehen von etwas sehr Wichtigem: Wir trauten uns zu streiten. Denn nun wussten wir, dass wir uns auch wieder vertragen würden.
Am Donnerstagabend, zwei Tage vor dem Battle, unterbrach mich Silje mitten in einem *Six-step*. Wir hatten lange trainiert, sie auch. Wir tanzten zusammen, improvisierten, lösten einander ab, erarbeiteten ein paar gemeinsame Figuren.
»Amelie?« Sie zeigte auf den Spiegel. »Sieh dich an.«
»Ja?«
Alles, was ich sah, war ein verschwitztes, bleiches Mädchen, das anders als die meisten anderen Norweger noch keine einzige Sommersprosse auf der Nase hatte, obwohl Juni war und schönstes Biergartenwetter dazu.
»Ich habe gestern den Film gesehen.«
»Häh?«
»My Fair Lady.«
»Ja? Und – wie findest du ihn?«

»Ich hoffe, du rechnest nicht damit, dass wir ein Liebespaar werden, wenn das hier vorbei ist?«
Ich lachte. Sie auch. Dann wurde sie wieder ernst.
»Aber das wollte ich gar nicht sagen.«
»Nein?«
»Was ich sagen wollte: Jetzt ...«, sie musste Atem schöpfen.
»Jetzt bist du so weit.«
»Jetzt? Es gibt doch noch so viel, was ich nicht kann ...«
»Ein zusätzlicher Tag bringt dich nicht weiter. Außerdem musst du dich ausruhen.«
»Aber ...«
»Mach morgen etwas anderes. Entspann dich. Iss was. Keine Ahnung. Du bist jetzt einfach so weit.«
Ich nickte, aber ich wusste, dass noch etwas zu erledigen war.
»*Fast* so weit«, sagte ich leise.

Zurück an der Oper

Vor der Oper war viel los. Junge Männer strebten dem Eingang zu, manche blieben stehen, wechselten ein paar Worte und aufmunternde Kommentare oder lächelten sich nervös zu.
Ich ging in einem weiten Bogen um den Haupteingang herum und schlich mich an der Seite hinein, durch den Bühneneingang. Das war der Vorteil, wenn man hier so gut wie aufgewachsen war: Ich kannte sowohl die Gänge als auch die geheimen Verstecke – fast noch besser als in unserem alten Haus. *Unser altes Haus*, so nannte ich es jetzt. Stovner war zum *Zuhause* geworden.
Ich huschte in den Personalraum. An einem Haken hingen Schlüsselkarten, auf dem Tisch lag eine Cap. Ich nahm eine der Karten und hängte sie mir um den Hals, die Cap setzte ich auf. Nun sah ich so aus, als würde ich hier arbeiten.
Auf dem Weg zum Saal begegneten mir ein paar Leute, aber ich warf ihnen nur ein kurzes Lächeln zu und ging rasch und zielstrebig weiter. Keiner hielt mich auf, keiner fragte mich etwas.
Ich schlich mich hinten hinein. Der Saal war fast leer. Nur die Jury und ein paar Bühnenarbeiter saßen ganz vorne. Die Bühne war beleuchtet, ansonsten lag der Raum im Dunkeln.
Seit Mama hier getanzt hatte, war ich nicht mehr da gewesen. Vieles war neu. Sie hatten renoviert – es war nicht mehr die Oper, die ich kannte, aber einiges war trotzdem gleich geblieben. Die roten Sitze, die wunderschöne Kuppel im Dach. Und der Geruch. Dieser Geruch war die Summe aller Vorstellungen,

die hier drinnen gegeben worden waren: Schweiß, Haarspray, der Staub auf den Scheinwerfern und irgendetwas Altes, das ich nicht einordnen konnte.

Es dauerte, bis er kam. Ich hatte so viele Auditions abgewartet, dass ich mit dem Zählen nicht mehr nachkam. Manche Jungen waren gut, manche etwas schwerfällig, andere so schlecht, dass man sie nie aus dem Kinderzimmer hätte rauslassen dürfen. Schließlich begann ich mich zu fragen, ob ich mich geirrt hatte – ob er doch nicht kam, ob es doch nicht sein Name gewesen war, den ich auf der Liste draußen im Flur gelesen hatte, sondern ein anderer Mikael.

Ich wollte gerade aufstehen und mich leise aus dem Saal stehlen, als er auftauchte. Seine Schuhe hatte er ausgezogen – er lief auf Strümpfen.

Er reichte einem der Bühnenmitarbeiter eine CD. Dann ging er zögernd auf die Jury zu.

»Name?«, sagte der eine. Im Gegenlicht der Bühne konnte ich nur einen schwarzen Rücken sehen.

»Mikael Tehrani.«

»Bitte etwas lauter.«

»Mikael Tehrani.«

»Und was wirst du für uns tanzen?«

»Ja. Ich meine, das … erklärt sich von selbst – irgendwie.«

»Gut. Dann darfst du einfach anfangen. Wenn sich das von selbst erklärt – irgendwie.«

Mikael zuckte zusammen. Für einen Moment hielt er inne, als ob er dabei wäre, sich anders zu entscheiden, aufzugeben, bevor er es überhaupt versucht hatte.

Aber dann richtete er sich auf, ging auf die Bühne und nickte. Er war bereit.

Ich spürte plötzlich, wie mein Herz schneller schlug und meine Handflächen schwitzten. Als würde *ich* dort unten auf der Bühne stehen und mich winzig klein fühlen. Als müsste *ich* alle davon überzeugen, dass es das war, was ich in diesem Leben eigentlich machen wollte und machen musste. Alle – mich selbst eingeschlossen.

Mikael begann. Ich erkannte die Schritte und die Choreografie wieder, die wir zusammengestellt hatten. Tiefe *Pliés*, er schwang den Oberkörper von einer Seite zur anderen, während er in der Hocke saß. Ein Adagio. Er hatte Mühe, das Bein nach außen zu halten. Ich dachte daran, was ich ihm gesagt hatte: Stell dir vor, dass diese Bewegung von der Hüfte über die Knie bis zu den Zehen gehalten werden soll. Er schaffte es nicht, verlor das Gleichgewicht, fing sich aber wieder.

Er machte weiter. Es wurde etwas besser, aber ich wusste, dass er nicht überzeugte. Das hier konnte der Jury unmöglich genügen. Die Füße wurden nicht präzise genug aufgesetzt, die Arme waren zu unbeweglich, die Bewegungen verkürzt, nicht bis ins Letzte ausgeführt. Sein Körper glaubte nicht an ihn, und er nicht an seinen Körper.

Er näherte sich jetzt den Pirouetten und der *Windmill*. Ich spürte plötzlich, wie ich die Luft anhielt, und hatte Lust, ihm zuzurufen: »Komm, Mikael! Du schaffst es!«

Es war, als hätte er es gehört, denn plötzlich hob er den Kopf und sah mich direkt an. Zwischen unseren Blicken zog sich eine ununterbrochene Linie durch den Saal.

Nur ein winziges Zucken in seinem Gesicht verriet seine Überraschung. Vielleicht war er wütend, ich wusste es nicht. Trotzdem hielt er meinem Blick stand. Den festen Punkt, den er brauchte, um zu fokussieren. Dann warf er sich in die Pirouette, fand sein

Gleichgewicht direkt über dem Standbein. Die Haltung war stabil und stolz, die darauffolgende *Windmill* saß perfekt. Er hielt meinen Blick fest, während er alles gab.
Alles.
Jetzt glaubte er an sich. Endlich. Jede Bewegung war bis zum Äußersten ausgeführt, jeder Übergang erschien weich und nahtlos. Er zweifelte nicht mehr.
Jetzt glaubte er an sich.
Und dann war er fertig.
Er blieb stehen und atmete durch. Es war ganz still im Saal. Die Köpfe der Jurymitglieder waren über das Papier gebeugt, das sie vor sich liegen hatten. Alle machten sich eifrig Notizen.
Dann waren sie fertig und blickten sich an. In der Mitte des Tisches steckten sie ihre Köpfe zusammen und diskutierten flüsternd.
Mikael sah nicht in meine Richtung. Er wartete.
Endlich wandte sich ihm eine Frau zu. »Für die nächste Runde solltest du dir ein Paar ordentliche Jazz-Schuhe besorgen«, sagte sie.
Mikael trat einen Schritt auf sie zu. »Soll das heißen, dass ich …«
»Ja doch. Wir sehen uns wieder. Du hörst von uns.«
Er blieb ganz still stehen, als ob er nicht richtig verstanden hätte.
»Du bist eine Runde weiter«, lachte der eine.
Mikael nickte nur. Dann ging er rückwärts. Unterwegs stolperte er über den Bühnenvorhang, fing sich wieder und verschwand.

Ich wartete draußen vor dem Haupteingang auf ihn. Er zögerte kurz, als er mich sah, bevor er seinen Weg fortsetzte – als sei ich gar nicht da.

»Glückwunsch.« Ich hatte ihn eingeholt.
Er verzog sein Gesicht zu einer Grimasse. »Ich bin ja bloß eine Runde weiter. Es ist nicht gerade so, als hätte ich eine Rolle in der Tasche.«
»Aber du bist hingegangen. Du hast dich getraut. Das ist das Wichtigste.«
Er antwortete nicht.
Wir gingen weiter, durch die Türen der Opernpassage und hinaus auf die Straße. Er legte einen Schritt zu, als wollte er mich hinter sich lassen.
»Mikael?« Ich legte eine Hand auf seinen Arm.
Er blieb stehen und zog seinen Arm weg. Er wollte mich nicht ansehen.
»Ich bin eigentlich hierhergekommen, um dich um einen Gefallen zu bitten«, sagte ich.
Da schaute er auf. Sein Blick war kalt. »Du bittest *mich* um einen Gefallen?«
»Ich weiß, ich habe nicht das Recht dazu, aber ...«
»Nein. Das hast du nicht.«
»Wir müssen uns danach auch nie wieder sehen«, sagte ich. »Es ist nur so, dass ich niemand anderen fragen kann. Und ich ...«
Ich schwieg, denn schlagartig wurde mir klar, wie sehr mir graute. »Ich schaffe es nicht, allein dorthin zu fahren.«

Weiß sie, dass du kommst?

Es nieselte. Meine Haare wurden feucht, und ich zitterte, obwohl es nicht kalt war. Die Tropfen perlten an seiner Stirn herab und setzten sich auf seine Wimpern. Ich hätte ihn so gerne angefasst, aber das ging nicht. Stattdessen richtete ich meinen Blick auf das große Gebäude vor uns.
Er war mitgekommen. Ich wusste nicht, warum. Ich verdiente es nicht, aber er tat es trotzdem.
Unsere Schritte knirschten im Kies. Sonst war alles still. Der Regen dämpfte die Welt um uns herum, verschluckte die Geräusche. Wir passierten ein Schild: *Psychiatrische Abteilung*. Die Buchstaben waren undeutlich, als würden auch sie vom Regen verschluckt.
Das Gebäude vor uns erinnerte an eine Schule. Es war im gleichen Stil gebaut wie die *Valkyrie* – vielleicht stammten sie beide aus der gleichen Zeit. Groß, hoch, mächtig – es erdrückte mich.
»Weiß sie, dass du kommst?«, fragte Mikael. Er war der Erste, der etwas sagte.
Ich schüttelte den Kopf. Meine Stimme funktionierte nicht richtig.
Ich wollte gern, dass er zuerst hineinging, aber er öffnete mir die Tür, wie ein Gentleman. Vielleicht wollte er auch verhindern, dass ich weglief. Ich holte tief Luft und schritt über die Türschwelle.
Ich erwartete einen chlorartigen Geruch – nach Desinfektions-

mitteln. Aber es roch nicht nach Krankenhaus. Hier drinnen duftete es nach Waffeln, grüner Seife und Kaffee.
Am anderen Ende des Raumes saß eine Frau hinter einem Empfangstresen – in normalem Pulli, ohne weißen Kittel. Sie lächelte mich an, ihr Blick war warm. Sie wirkte etwas mollig, als hätte sie bei den Waffeln schon ordentlich zugelangt. Ich drehte mich zu Mikael um. Er nickte in Richtung Tresen.
»Hei!«, sagte sie.
Ich holte Luft. »Ich möchte gerne Vivian Prytz besuchen.«
Sie nickte, als sei das keine große Sache. »Vivian Prytz. Einen Moment.« Dann legte sie ein großes Buch vor mich hin. »Du musst dich hier eintragen.«
Ich nahm den Kugelschreiber, den sie mir hinhielt, und kritzelte meinen Namen. Die Frau sah mir zu.
»Amelie? Du bist Amelie?«, fragte sie.
»Ja.«
Das Gesicht der Frau leuchtete auf.
»Sie hat so viel von dir erzählt.« Sie legte den Kopf schräg und musterte mich einen Augenblick. »Man kann es tatsächlich sehen. Dass sie deine Mutter ist.«
Ich wusste nicht, was ich antworten sollte.
»Wie schön, dass du da bist«, sagte sie schließlich.
Ich nickte.
»Das wird ihr viel bedeuten.« Sie lächelte warm. Dann zeigte sie auf eine doppelte Glastür. »Sie ist dort.«
Ich drehte mich ein letztes Mal zu Mikael um. Er nickte nur. Und blieb stehen.
Aber ich musste hineingehen. Ich hatte ihn extra gebeten, mitzukommen und mich zu begleiten. Nun musste ich es auch tun.
Ich öffnete die Tür.

Mikael blieb draußen stehen, und ich weiß nicht, was er sah oder wie viel er sah, bevor er ging. Vielleicht sah er meinen Rücken, der ängstlich zitterte, meine langsamen Schritte durch die Glastür. Vielleicht blieb er lange genug stehen, um zu sehen, wie sich eine Frau erhob – Mama. Vielleicht sah er, dass ich zusammenzuckte, als ich merkte, wie mager und hohläugig sie war und wie eingesunken ihre Wangen. Aber vielleicht sah er auch, dass sie so breit lächelte, dass nichts davon mehr wichtig war. Und dass sie auf mich zukam und mich in die Arme schloss.

Vielleicht sah er, wie sich mein Rücken vor lauter Weinen schüttelte. Und dass wir einander lange umarmten. Sehr lange.

Ich weiß es nicht. Denn als ich eine Stunde später endlich herauskam, leichtfüßig und ganz und gar schwerelos, war er verschwunden.

You've fucked

Ich öffnete den Kleiderschrank. Ich hatte alle meine Klamotten hineingehängt, der Koffer stand in einer Abstellkammer auf dem Dachboden. Ich schaute die Sachen durch, fand aber nichts Passendes. Am besten wäre ein Outfit, das so ähnlich aussah wie das, was Silje trug. Ein cooles T-Shirt und Jeans, vielleicht eine Cap und ein Paar neue Sneaker. Die Schuhe hatte ich schon – ich hatte sie gefragt, ob ich mir von ihr welche leihen konnte. Aber als ich mir einen Kapuzenpulli überstreifte, den ich früher beim Training getragen hatte, und dazu eine Jeans, stellte ich fest, dass ich völlig schräg aussah. Es wirkte, als hätte ich die Klamotten herausgesucht, die am wenigsten schick waren, um möglichst nicht aufzufallen. Und genauso war es ja auch. Der Kapuzenpulli war cremeweiß mit silbernen Kordeln, die Hose viel zu schick und zu neu. Ich roch schon von Weitem nach Holmenkollen. Außerdem konnte ich mit Kapuze nicht tanzen – vielleicht blieb ich darin hängen, wenn ich unten am Boden war.

Ich blieb auf dem Bett sitzen. Ich war pathetisch – so einfach war das. Sie würden garantiert über mich lachen. Garantiert. *Guckt mal! Die sieht immer noch aus wie eine Barbie – da kann sie echt machen, was sie will!*

Plötzlich fiel mein Blick auf etwas, das ganz unten aus dem Schrank herausguckte. Eine Tasche. Ich nahm sie heraus und machte sie auf. Es war das Kleid aus dem Bogstad-Weg.

Ich legte es vor mich aufs Bett. Es war vollkommen unpassend – sehr viel Blumenwiese, sehr süß. Und trotzdem: Es war nicht schick, nicht modern, nicht cool, nicht angesagt. Es war einfach nur – ich.

Ich streifte es über meine Schultern, zog halblange Leggings darunter an, schlüpfte in die Sneaker und drehte mich zum Spiegel. Ich passte nicht ins XL, aber die Klamotten schrien auch nicht »Holmenkollen!«. Ein Mädchen mit Joggingschuhen und Sommerkleid. Sie konnte von wer-weiß-woher kommen – oder von nirgendwo.

Es klopfte an die Tür.

Ich öffnete und zuckte zusammen. Da stand Papa. Mein Papa. Und damit meine ich meinen alten Papa. Er war zurück. Er hatte sich rasiert, sich ein frisch gewaschenes, gebügeltes Hemd angezogen, und wenn mich nicht alles täuschte, hatte er sich sogar die Haare schneiden lassen. Einladend streckte er mir seinen Arm entgegen. »Wollen wir gehen?«

»Ja. Aber ... willst du mit?« Ich hatte ihn nicht außerhalb der Wohnung gesehen, seit wir hierhergekommen waren.

Er lächelte. »Amelie, meine Kleine. Habe ich jemals eine deiner Tanzvorführungen verpasst?«

Nein. Das hatte er nicht. Ich nahm seinen Arm, und dann gingen wir endlich zusammen nach draußen. In die Sonne und ins Licht – von Stovner.

Die Menschen standen dicht an dicht. Der Saal war bereits voll. Ein Scheinwerfer blendete mich. Ich blinzelte und hätte mir beinahe die Augen zugehalten, ließ es aber lieber bleiben. Das hätte wohl ziemlich idiotisch ausgesehen. Es waren viel mehr gekommen als beim letzten Battle. Und auch die Stimmung war anders, angespannter, es stand mehr auf dem Spiel. Viele sprachen Englisch – offenbar waren einige extra angereist.

Josef und Siljes Freundin Irene waren Teil des Organisationsteams. Sie saßen in einer Ecke und nahmen Anmeldungen entgegen.

»Mit wem tanzt du?«, fragte Irene, nachdem sie meinen Namen notiert hatte.

Ich sprang ins Kalte. »Mikael.«

Josef zuckte zusammen und sah von seinen Papieren hoch. »Mit wem?«

»Mikael«, wiederholte ich lauter.

»Machst du Witze?«

Ich schüttelte den Kopf.

»Weiß *er* das?«

Ich zögerte. Sollte ich die Wahrheit sagen? Nein, dann würde ich bestimmt gar nicht erst zugelassen werden.

»Natürlich weiß er das.«

Josefs Augen verengten sich. »*Will* er überhaupt? Ich dachte, ihr sprecht nicht mehr miteinander.«

Ich nickte wieder. Aber die Wahrheit war, dass ich es nicht wusste. Nachdem wir Mama besucht hatten, hatte ich ein paarmal versucht, ihn anzurufen, aber er hatte das Handy ausgeschaltet. Ich schickte ihm Nachrichten, via Facebook und SMS, bekam aber keine Antwort.

Tags zuvor wollte ich fast schon aufgeben und hatte überlegt, den ganzen Battle abzublasen, da bekam ich eine Idee. Ich lief zur U-Bahn, erwischte sie gerade noch und erreichte das Zentrum, kurz bevor die Geschäfte schlossen. Ich hatte bei meinem Job um einen Vorschuss gebeten, und Trond, der Kioskbesitzer, gab ihn mir, ohne mit der Wimper zu zucken. Er war so nett zu mir, dass ich das Gefühl hatte, er sei in mich verliebt. Einen Teil des Geldes legte ich nun auf den Tresen im Tanzladen *La Danse*. Es wurde nicht das teuerste Paar, aber die Jazz-Schuhe in Größe 43 waren trotzdem schön. Ich nahm sie hoch und schnupperte daran – sie rochen nach neuem Leder.

Abends schrieb ich seinen Namen auf den Schuhkarton, bevor ich ihn draußen vor seiner Wohnungstür in den Flur stellte. Ich drückte auf die Türklingel und versteckte mich in der Etage darüber. Dort blieb ich sitzen, bis ich hörte, dass die Tür aufging und jemand den Karton hochnahm. Dann wurde die Tür mit einem Knall zugeschlagen. Als ich den Kopf nach unten streckte, war der Karton verschwunden. Das war jedenfalls kein schlechtes Zeichen.

Ich hatte gehofft, ihn hier schon zu sehen – an die Wand gelehnt, wartend und mit einem Lächeln im Gesicht. Hatte gehofft, dass alles vergessen war. Aber er war ganz offensichtlich noch nicht aufgetaucht.

»You're fucked – das weißt du, oder?«

»Er kommt sicher«, sagte Irene schnell. Es schien, als würde sie mich lieber mögen, seit Silje ihr von unserem Training erzählt hatte. »Heute gibt es in der Eingangsrunde für jedes Paar zwei Durchgänge«, fuhr sie fort.

Ich nickte.

»Hast du eigentlich schon mal gebattled?«, fragte Josef.

Ich hatte keine Lust, etwas zu erwidern. Er kannte ja die Antwort.

»Na, dann viel Glück!« Er grinste breit. »Du wirst dich bestimmt perfekt einfügen.«

Zu spät

Ich suchte Papas Blick. Er hatte sich in die erste Reihe gesetzt. Auch er fügte sich nicht gerade perfekt ein, aber die meisten nickten ihm trotzdem zu. Vielleicht fanden sie es cool, dass ein erwachsener Normalo wie er zu einem Battle gekommen war.
Ich spähte über die Bankreihen hinweg. Noch immer niemand Bekanntes. Oder – doch. Ganz oben, in einer dunklen Ecke, sah ich ein bleiches Gesicht. Scharfe Augen, den Mund entschlossen zusammengepresst, wie immer schwarz gekleidet. Birgitta. Sie sah auf die Uhr, als würde sie sich grenzenlos langweilen und die Zeit nicht abwarten können, bis sie wieder gehen konnte.
Da öffnete sich die Tür, und eine ganze Gruppe tauchte auf. Wenn es jemanden gab, der sich *nicht* perfekt einfügte, dann waren sie es. Charlotte sah sich mit gerümpfter Nase um, während sie ihre Krokodilledertasche fest an sich presste. Ella und Caroline drückten sich aneinander und flüsterten sich etwas zu. Mads und ein paar andere Kumpel waren auch mitgekommen – sie bedachten Josef und Moa mit besorgten Blicken. Axel war nicht zu sehen, aber ich hatte ihn auch nicht eingeladen. Es hätte keinen Sinn gehabt. Zuletzt kam Ida. Sie war ungezwungener als die anderen, sah sich neugierig um und lächelte. Dann entdeckte sie mich. Ich ging rasch auf sie zu.
»Hei.«
Ich blieb vor ihr stehen und versuchte zu lächeln.

Sie antwortete nicht und starrte mich bloß an. Ich schlug die Augen nieder.
»Ida, es tut mir so unendlich leid«, sagte ich. »Entschuldige.«
Nun war es nicht mehr nur ein Wort, das ich gebrauchte, um aus einer schwierigen Situation herauszukommen. Dieses Mal meinte ich es wirklich so.
Dann holte ich etwas aus meiner Tasche – den Briefumschlag, den ich am Abend vorher vorbereitet hatte. Ich reichte ihn ihr.
»Ich wünschte, ich hätte es dir früher geben können ...«
Sie öffnete den Umschlag und starrte die zwei glatten Tausender an, die darin lagen.
»Ist es jetzt zu spät, die Sommerschule zu bezahlen?«, fragte ich.
Sie nickte leicht. »Die Frist ist abgelaufen.«
Ich hatte so lange wie möglich gehofft, dass es noch reichen würde, dass sie vielleicht darum bitten konnte, etwas nachzusenden – trotz allem war es ja nicht viel, was noch fehlte. Aber es war zu spät. Ich hatte sie verloren und – noch schlimmer: Ich hatte alles kaputt gemacht. Ihre ganze Karriere.
Da lächelte sie plötzlich. »Weißt du was, Amelie? Eigentlich glaube ich, das macht nichts.«
Ich sah auf.
»Ich habe mich zum Herbst für ein Studienvorbereitungsjahr beworben«, sagte sie. »Birgitta hat recht. Ich bin unglaublich klug.« Sie tippte sich an die Schläfe. »Ich kann werden, was ich will. Und da ist es doch total idiotisch, etwas zu werden, was man nicht gut kann.«
Eine riesige Faust, die sich fest um meinen Brustkorb gelegt hatte, ließ mich los. Ich war so erleichtert, dass meine Füße am liebsten abheben wollten. Und das taten sie dann auch, allerdings nur für die zwei Schritte, die ich brauchte, um bei ihr zu

sein. Ich umarmte sie, und sie ließ es geschehen. Ich drückte sie richtig fest, mit meinem ganzen Körper. Zum Glück drückte sie mich auch. Und wir mussten wohl auch ein bisschen weinen, wir zwei. Liebe, gute Ida, beste Freundin.
Wir ließen uns los. Sie wischte rasch mit der Hand unter den Augen entlang, um die Schminke wieder in Ordnung zu bringen. Dann wandte sie sich um und ließ ihren Blick durch den Saal schweifen – über die Menschen und die vorbereitete Tanzfläche.
»Danke, dass du uns eingeladen hast«, sagte sie. »Charlotte hat uns in der U-Bahn über Läuse die Ohren vollgequatscht, aber ansonsten hat die Fahrt hierher erstaunlich gut geklappt.«
»Ist sie sauer?«, fragte ich. »Ich meine, Charlotte?«
»Nein.« Sie überlegte kurz. »Ich glaube wirklich nicht. Sie ist nur ein bisschen stiller als vorher – und das ist ja nicht weiter schlimm.«
»Hat irgendjemand mal mit ihr über die Schuhe gesprochen?«, fragte ich.
Ida schüttelte den Kopf. »Aber sie trägt sie nicht mehr«, sagte sie. »Ach: Und sie hat ein Date.«
»Ein Date?«
»Ja, schon heute Abend. Mit Mads. Nur die zwei.«
Ich musste lachen.
Charlotte und Mads, das war eigentlich perfekt. Warum war uns das nicht schon vorher aufgefallen?
Dann wurde es plötzlich dunkler im Saal, und der Moderator, ein hoch aufgeschossener, schlaksiger Typ, der für diesen Anlass extra aus London eingeflogen worden war, betrat die Tanzfläche. In der Hand hielt er einen schwarzen Herrenhut.
Die Leute wurden ruhig.

Der Moderator hielt den Hut einigen Zuschauern hin. Sie steckten die Hand hinein und zogen zwei Zettel. Der Moderator las die Namen vor.
Vier Jungen, zwei verschiedene Mannschaften, traten vor. Sie waren die Ersten – Gott sei Dank. Wenn wir Glück hatten und spät ausgelost wurden, konnte Mikael es noch schaffen.

Letzte Runde

Ich stand für mich allein am äußeren Rand des Kreises. Der zweite Battle näherte sich dem Ende. In der einen Mannschaft ein Mädchen und ein Junge, beide aus Dänemark, in der anderen zwei norwegische Jungen. Sie zeigten *Locking* und *Freezes* – besonders das Mädchen erinnerte an den frühen Michael Jackson. Es war beeindruckend, aber ich konnte die Schritte nicht voneinander unterscheiden. Mein Blick verschwamm, alles war unscharf. Die Zeit stand still und verging dennoch viel zu schnell. Jedes Mal, wenn ich einen Blick auf die Uhr warf – und das tat ich oft –, waren wieder ein paar Minuten verschwunden. Und immer noch kein Mikael.

Am Ende wurden beide Paare mit Getrampel und Klatschen entlassen, trotzdem war sich die Jury einig: Das dänische Paar kam weiter. Aber mir war das egal. Meinetwegen hätte die Königin von Dänemark gewinnen können. Ich hatte nur einen Gedanken: Wo war er? Wo war der gerade Rücken im weißen T-Shirt? Das Lachen, das durch die Luft zu mir drang, noch bevor ich ihn sah?

Ich fühlte mich allein und sehr klein. Das Kleid, die Joggingschuhe, der Pferdeschwanz ... Plötzlich verstand ich, wie mich die anderen sahen: ein Mädchen, total fehl am Platz, ein kleines Kind, das sich das Sonntagskleidchen übergezogen und sich herausgeputzt hat – für nichts. Ich passte hier nicht her. Ich passte nirgendwohin. Ich war auf einem Battle mit internationalen

Tänzern. Leute waren weit gereist, um hierherzukommen. In der Jury saß sogar ein Typ aus den USA. Und ich stand hier und spielte, dass ich dazugehörte. Alles war so dermaßen missglückt, dass ich mich am liebsten auf den Boden gelegt und geheult hätte – wie ein kleines Kind, und das war ich ja auch.

Der Moderator trat wieder auf die Tanzfläche. Erneut hielt er den Hut einem Zuschauer entgegen, dieses Mal einem jungen Mädchen, das laut kicherte. Sie steckte die Hand in den Hut, zog einen kleinen weißen Zettel heraus, glättete ihn und reichte ihn dem Moderator.

Er zwinkerte ihr zu, und sie kicherte wieder. Dann las er stumm die Namen, bevor er sich ans Publikum wendete.

»It's a team from Oslo«, sagte er und genoss die Aufmerksamkeit. »Mikael and Amelie!«, rief er dann. Die Stimme stach mir in die Ohren.

Wir waren dran. Und Mikael war nicht gekommen.

Das Mädchen zog einen weiteren Zettel und gab ihn dem Moderator.

»They're battling Josef and Moa, also from Oslo!«

Wir waren dran. Und wir mussten gegen Mikaels eigene Crew battlen. Falls er, Mikael, jetzt auftauchte, in der allerletzten Sekunde, würde er sich sowieso weigern. Er würde nicht gegen Josef battlen. Niemals.

Jubel und Applaus stiegen wie eine Wand vor mir hoch. Leichtfüßig nahmen Moa und Josef die Tanzfläche in Beschlag. Sie hoben die Hände und nahmen das Gebrüll aus dem Saal entgegen. Dann drehte sich Josef um und grinste mich schief an.

Ich brachte es nicht fertig, ihn anzusehen. Meine Beine bewegten sich zur Tanzfläche, wurden dorthin gezogen – aber nur, weil ich musste.

»Here's Amelie. And Mikael? Where are you?«, sagte der Moderator lächelnd. Er hatte noch nicht kapiert, was ich getan hatte – dass ich jemanden angemeldet hatte, der nicht hier war, der nicht einmal mitmachen wollte.
Josef trat auf mich zu und beugte sich vor.
»Du weißt schon, dass Romeo und Julia sich am Ende nicht kriegen? Ich hab den Film gesehen.« Er grinste.
Wäre ich Ida gewesen, hätte ich zurückgeschossen. Hätte ein Shakespeare-Buch aus der Tasche gezogen und ihm an den Kopf geschmissen. *Romeo und Julia* ist kein Film, du Idiot! Jedenfalls nicht in erster Linie! Hätte ihm erzählt, dass er ein unintelligenter Trottel war, der wieder auf die Grundschule gehörte – oder ein Shakespeare-Zitat gebracht, das er nie vergessen würde. Aber ich war nicht Ida. Ich war das missglückte Kind, über das bald alle lachen würden. Wenn es mir bis dahin nicht gelungen war, mit dem Fußboden eins zu werden. Eine absolut vorzuziehende Lösung.
»Mikael, are you here?« Der Moderator spähte durch den Saal. Die Leute raunten leise, alle sahen sich um, hielten Ausschau nach diesem Mikael, der ganz offensichtlich seinem eigenen Battle fernblieb. Denn er kam nicht. Die dunklen Haare tauchten nicht plötzlich in der Menge auf, seine klare Stimme rief nicht laut »Hier bin ich!«.
Der Saal war leer, obwohl er voller Menschen war. Er war nicht hier, und er würde auch nicht auftauchen.
Der Moderator wandte sich mir zu.
»I'm sorry, Amelie, but you can't battle alone. So I guess we have to rearrange the order ...«
Er wurde jäh unterbrochen, als jemand von der Seite dazutrat.
»Ich mache das! Ich tanze stattdessen!« Es war Silje.

Der Moderator sah sie fragend an.
»I can do it!«, rief sie.
Er zog seinen Mund zusammen, dachte nach. Sah hinüber zum Tisch der Jury – ihnen war es offenbar egal.
»Okay ... Why not«, sagte er schließlich.
Dann nickte er dem DJ zu, und die Musik begann.
Wir betraten alle vier die Tanzfläche. Ich musste Silje noch einmal angucken. Ich konnte nicht glauben, dass sie das wollte. Ich würde den Rest meines Lebens in ihrer Schuld stehen. Aber ihr Blick galt Josef – sie lächelte ihm triumphierend zu. Vielleicht war das ein Weg, ihm zu zeigen, was sie für ihn fühlte?
Der Moderator drehte die Flasche. Sie blieb bei den Jungen stehen. Sie sollten beginnen.
Wir zogen uns zurück, während Moa in die Mitte der Tanzfläche trat. Er tanzte wie letztes Mal. Nur noch besser. Schnell und leichtfüßig, rasche Wendungen, Schritte, die eine große physische Kraft erforderten. Alles saß. Gegen Ende tanzte Josef einige rasche Figuren mit, da wurde es noch besser. Sie tanzten, als würden sie auf einer riesigen Bühne stehen, nicht in einem verschwitzten Saal. Sie hätten auch ohne Weiteres in einer Arena auftreten können.
Dann übernahm Josef. Er beherrschte die Szene – anders konnte man das nicht sagen. Ganz offensichtlich hatte er in letzter Zeit jeden Tag trainiert, denn er war noch besser als das vorige Mal, als ich ihn gesehen hatte.
Mein Herz sackte Richtung Magen. Es war aussichtslos, sich damit zu messen. Zum Glück hatte ich Silje, denn selbst konnte ich nichts beisteuern. Gar nichts.
Josef und Moa bekamen am Ende den bislang lautesten Applaus des Abends. Josef gab sich nicht einmal die Mühe, in unsere

Richtung zu sehen, als wir die Tanzfläche einnahmen – so überzeugt war er, zu gewinnen.
Silje legte ihre Hand auf meine Schulter und drückte sie.
»Ich fange an. Du kommst irgendwann dazu und übernimmst den Abschluss. Denk dran: Wenn du findest, dass es funktioniert, dann bedeutet das, dass es tatsächlich gut *ist*«, sagte sie leise.
Silje brillierte, wie immer. Das Publikum schrie und brüllte – es liebte Silje. Sie war wie elektrisiert, die Schritte glitten ineinander, als würden sie blitzschnelle Signale aus der Luft erhalten. Sie machte mir ein Zeichen, zu einer Figur dazuzukommen, die wir gemeinsam geübt hatten – sie wollte mich dabeihaben. Ich tastete mich vor. Schritte, die ich am Tag zuvor noch gekonnt hatte, wirkten plötzlich unausführbar. Und es dauerte nur ein paar Sekunden, bis ich stolperte. Aber Silje rettete mich. Vertuschte meine Fehler. Und sie behielt mich die ganze Zeit im Auge. *Komm, mach weiter!*, sagte ihr Blick.
Mir wurde schlecht. Ich hatte sie gebeten, mir alles beizubringen, was sie konnte – sie hatte in den letzten zwei Wochen fast nichts anderes gemacht, und jetzt war ich dabei, sie vor versammelter Mannschaft lächerlich zu machen.
Dann zog sich Silje zurück. Nun war ich an der Reihe. Ich riss mich zusammen. Es ging etwas besser, und Silje jubelte und brüllte bei jedem kleinsten Detail, das ich hinbekam.
»Nicht nachlassen! Weiter so, Amelie!«
Sie rettete mich. Sie und ihre aufmunternden Rufe. Ich blieb auf den Beinen und führte es irgendwie zu Ende, obwohl ich für kurze Zeit fast in eine von Birgittas Choreografien zurückgefallen wäre.
Wir bekamen tatsächlich Applaus – nicht so viel wie Josef und

Moa, aber die Leute buhten uns jedenfalls nicht aus. Und es tat gut, Papa dabeizuhaben, der jubelnd vorne in der ersten Reihe stand und auch allein schon ein ganzes Publikum ausmachte.

Dann kam die zweite Runde. Ich hatte gedacht, Josef und Moa hätten all ihre Trümpfe ausgespielt, aber nein. Das war erst der Anfang gewesen. Jetzt wurde es noch besser, noch präziser, mit noch mehr wahnwitzigen Kombinationen und parallel ausgeführten Figuren. Es war fehlerfrei und die Koordination so super, dass es fast nicht mehr authentisch wirkte, sondern eher wie im Voraus geplant. Ich konnte nur noch aufgeben.

Doch dann fiel mir etwas auf: Die Mitglieder der Jury hatten sich zurückgelehnt und beobachteten alles – aber irgendwie waren sie *zu* entspannt. Als ob es dem Paar da vorne nicht so richtig gelang, sie zu überraschen. Sie machten sich ein paar Notizen, aber ohne große Begeisterung. Es sah ganz einfach so aus, als würde sich die Jury langweilen. Vielleicht erschien ihnen zu vieles einstudiert? Vielleicht fehlte ihnen das Impulsive, das beim Improvisieren entstand? Wie auch immer: Alle konnten sehen, dass das Paar auf der Tanzfläche eine Klasse für sich war, dass sie technisch in einer anderen Liga spielten. Und der Jubel, der ausbrach, als sie fertig waren, deutete darauf hin, dass das Publikum im Saal bereits wusste, wer die Sieger sein würden.

Silje und ich machten uns bereit, wieder in den Ring zu steigen. Ich schluckte. Es war nicht so gelaufen, wie ich gehofft hatte, aber ich würde mein Bestes geben. Für Silje. Ich musste es nur durchziehen, diese eine Runde noch tanzen und mich dann vom Acker machen – auf dem schnellsten Weg zur Toilette, wo ich die Tür zuschließen, mich auf den Klodeckel setzen, die Beine hochziehen und meinen ganzen Kummer rauslassen konnte.

Aber dann geschah etwas.

»Ich übernehme die nächste Runde«, sagte plötzlich jemand hinter uns.
Ich drehte mich um.
Da stand er. Da stand Mikael.
Er hatte eine Hand auf Siljes Schulter gelegt und lächelte ihr zu.
»Das war in ALLERLETZTER Sekunde«, grinste sie. »Ich hatte dich tatsächlich schon aufgegeben.«
Ich brachte kein Wort heraus.
»Ich ... habe ein bisschen zu lang gebraucht, mir die hier anzuziehen«, sagte Mikael und sah auf seine Füße hinunter. Er trug die schwarzen Jazz-Schuhe.
Dann streckte er die Hand nach mir aus. Ich wusste nicht, wie mir geschah. Ich war wie gelähmt – von Kopf bis Fuß. Seine ausgestreckte Hand, seine warme Hand. Wollte er wirklich mit mir tanzen?
Sein fester Blick schwand plötzlich, die ausgestreckte Hand zitterte leicht.
»War es nicht das, was du wolltest?«, fragte er.
Endlich kamen die Signale aus meinem Hirn an. Ich nickte so heftig, dass es mich durchschüttelte, und meine Hand griff schnell nach seiner.
Den Moderator hatte ich total vergessen, aber nun fiel mein Blick auf ihn – er sah mich fragend an, vielleicht sogar eine Spur resigniert.
»So ... this is kind of unexpected ... It seems like Mikael showed up, after all. You are popular today, Amelie, dancing with several partners. Have you decided yet?«
Ich nickte wieder und zog Mikael mit mir auf die Tanzfläche. Dann hob ich meinen Blick und sah ins Publikum – zu allen, die da saßen, meinen Freunden, Papa, Birgitta.

Ja. Ich hatte mich entschieden.

Dann tanzten wir. Endlich. Vor aller Augen tanzten wir, Mikael und ich.

Er begann sofort mit den ersten Schritten der Choreografie, die wir gemeinsam zusammengestellt hatten. Und ich machte mit. Wir scherten uns nicht um Regeln, darum, dass ein Großteil der Zeit eigentlich jeder für sich tanzen sollte. Mit der Choreografie als Ausgangspunkt improvisierten wir weiter.

Wir hoben ab, einige Zentimeter hoch über den Boden. Es war, als würde man durch flüssige Luft gleiten, in sie eintauchen. Alles glitt nahtlos und fließend ineinander über, kein Stocken, kein Zögern. Der Puls hämmerte, die Musik vibrierte, wir folgten den Bewegungen des anderen.

Beine und Arme bewegten sich parallel, nahmen alte Schritte wieder auf, die wir eingeübt hatten, und setzten sie neu zusammen. Wir tanzten gemeinsam und gleichzeitig jeder für sich. Ich wusste nicht, wo all das herkam. Vielleicht war da etwas in mir, vielleicht in uns. Vielleicht gab es aber auch jemanden da draußen, der uns steuerte. Ich weiß es nicht. Alles, was ich wahrnahm, war, dass es im Saal ganz, ganz still geworden war. Zwischendurch sah ich ein Gesicht, Idas lachende Augen, Birgittas Mund, zu einem breiten Lächeln verzogen (das war das erste Mal, dass ich *das* zu sehen bekam). Und Papa, mit tränenfeuchtem Blick. Und die Jury. Alle drei saßen vornübergebeugt da, mit offenen Mündern. Die Stifte hatten Pause – die Jury hatte wohl keine Zeit, sich irgendetwas zu notieren oder den Blick von uns zu wenden.

Der Song war zu Ende. Für ein paar Sekunden herrschte im Saal völlige Stille. Dann brandete der Applaus zwischen den Wänden auf. Der ganze Raum vibrierte, sie standen auf. Ich sah, wie Papa seine Finger zwischen die Lippen legte und pfiff. Ida trampelte und klatschte, und sie zog sogar Charlotte neben sich hoch.

Wir brauchten nicht auf die Jury zu warten, das Publikum hatte sein Urteil bereits abgegeben. Und ich hatte es geschafft. Ich hatte gebattled, vor aller Augen, hatte besser getanzt als jemals zuvor, hatte improvisiert und etwas geschaffen, was nur mir gehörte.

Ich hatte gezeigt, wer ich war.

Mikael stand direkt neben mir. Ich drehte mich zu ihm. Aus dem Augenwinkel konnte ich sehen, wie das Publikum im Saal weiter rief und klatschte, aber ich hörte es nicht mehr. Und sah es auch nicht mehr. Der Einzige, den ich sah, war er.

Ich machte einen Schritt auf ihn zu. Er blieb stehen, und dann breitete er seine Arme aus. Bevor ich groß darüber nachdenken konnte, war ich bei ihm. Er hielt mich fest, unsere Körper hingen aneinander. Ich legte meinen Kopf zurück und sah in seine braunen Augen. Endlich war er mir wieder ganz nah. Und dieses Mal würde ich nicht gehen.

Ich stellte mich auf die Zehenspitzen, er neigte sich zu mir. Und dann geschah es. Während alle zusahen, während alle jubelten, küsste ich endlich Mikael.

Dank an

Grethe Daal Berentzen
Lise Tiller Sikkeland
Tora Ronge Gjengseth
Pernille Abelone Ronge Kaastad
Camilla Tellefsen
Randi Urdal
Karina Thonander
Therese Bøhn
Lisa Marie Gamlem
Guro Solberg
Joakim Botten
Steinar Storløkken